Dueto dos ausentes

FERNANDO RINALDI

Dueto dos ausentes

Editor
Marcelo Nocelli

Revisão
Marcelo Nocelli
Roseli Braff

Foto de capa
Fabricasimf (conchas do mar)

Design e editoração eletrônica
Negrito Produção Editorial

Dados Internacionais de Catalogação na Publicação (CIP)
Bibliotecária Juliana Farias Motta (CRB 7/5880)

Rinaldi, Fernando
Duetos dos ausentes / Fernando Rinaldi. – São Paulo: Reformatório, 2023.
288 p.: 14 x 21 cm

ISBN 978-65-88091-97-5

1. Romance brasileiro. I. Título.

R578d CDD B869.3

Índice para catálogo sistemático:
1. Romance brasileiro

EDITORA REFORMATÓRIO
www.reformatorio.com.br

Sumário

1.1. Hélio	2.1. Heitor	1.2. Heitor segundo Hélio	2.2. Hélio segundo Heitor	2.2. Hélio segundo Heitor	1.2. Heitor segundo Hélio	2.1. Heitor	1.1. Hélio
[I]	[2005]	(2012)	(1)	(8)	(2018)	[2011]	[VIII]
[II]	[2006]	(2013)	(2)	(9)	(2017)	[2010]	[IX]
[III]	[2007]	(2014)	(3)	(10)	(2016)	[2009]	[X]
[IV]	[2008]	(2015)	(4)	(11)	(2015)	[2008]	[XI]
[V]	[2009]	(2016)	(5)	(12)	(2014)	[2007]	[XII]
[VI]	[2010]	(2017)	(6)	(13)	(2013)	[2006]	[XIII]
[VII]	[2011]	(2018)	(7)	(14)	(2012)	[2005]	[XIV]

Hélio

[I]

São Paulo, 23 de dezembro de 2018.

Meu filho morreu há cinquenta e seis dias. Um acidente de carro é a versão oficial, a que continuamos contando. Mas não é a minha, a que guardo secretamente. Os radares de velocidade e o exame toxicológico indicaram uma simples imprudência juvenil, e seria até mais simples acreditar numa mera fatalidade. Mas guardo comigo motivos para pensar que ele tenha decidido tirar a própria vida. Estou certo de que aquilo foi planejado, talvez cinco minutos antes, mas planejado. Minha história com ele e minha experiência clínica não me dizem o contrário: um ato calculado encontrou o melhor momento de se realizar. É nisso que acredito e vou continuar defendendo, silenciosamente, só para mim.

Era dia de eleição presidencial, segundo turno, ânimos exaltados. No encontro etílico pós-votação, meus amigos e eu ficamos cada vez mais deprimidos com o resultado que se anunciava e, considerando o tamanho da mágoa a ser afogada, bebemos além da conta. Mal sabia que o que viria em seguida abalaria para sempre qualquer resquício de apego ao futuro que um dia eu possa ter tido: naquela rua deserta, percepções alteradas pelo álcool e pelo baque, a visão de seu corpo morto sendo tirado do carro colidido contra um poste de luz pouco acessível e de sua amiga, Dóris, ainda viva, mas já desligada deste mundo, me acompanha desde então, dia e noite.

Passei as semanas seguintes buscando incessantemente sinais do passado do meu filho para entender a minha própria hipótese, os motivos por trás de sua escolha, e li dezenas de artigos de colegas meus a respeito de estratégias de prevenção do suicídio. As pesquisas me levaram a outras pesquisas e a livros específicos sobre o assunto. Meus dias e minhas noites foram todos consumidos em leituras que poderiam me ajudar a esclarecer o ocorrido. Estava tão obcecado que pensei que nunca sairia daquela espiral. Por algumas semanas, deixei de atender, de dar aulas, de dar notícias aos familiares e amigos sobre minha situação. E talvez eu ainda estivesse tomado até hoje por essa fixação se em dado momento Ísis não tivesse emudecido de vez, sem maiores explicações.

De início pensei que com a angústia profunda tivesse ficado afônica ou perdido a voz. Entendi, depois, que sua mudez era seletiva: com os outros ela ainda fala, por necessidade ou orgulho, comigo não. Após cinco semanas de um luto intenso, durante o qual tive que cuidar de sua alimentação e até de sua higiene pessoal, ela se levantou da cama e avisou que havia conversado com o Marcos, seu colega e meu editor, e ia retomar pouco a pouco o trabalho na editora. Naquele momento, imaginei que a nossa vida começaria a entrar nos eixos. No fim das contas, "volto às 19h" seriam suas últimas palavras, as últimas direcionadas a mim antes da sua greve de fala.

Não posso dizer que ela tenha sido exatamente uma companheira loquaz durante o nosso casamento ou mesmo antes, no período de paixão mais intensa. Mas, a partir daquele dia, passamos a nos comunicar exclusivamente por mensagens e, quando muito, por bilhetes. Os recados escritos à mão geralmente eram avisos ou instruções; já as mensagens, quando vinham, eram respostas sucintas a perguntas minhas. Certa vez, num momento de desespero, escrevi a ela uma longa mensagem durante o intervalo entre uma consulta e outra. Falei da falta que nosso filho fazia, falei da falta que ela me fazia, lembrei momentos felizes do nosso casamento. Cheguei a citar Szymborska, sua poeta favorita – recurso que já havia utilizado no nosso sétimo aniversário de casamento, devo dizer, e lá se vão quinze anos. Supondo que ela não me responderia nada, que me deixaria falando sozinho, derramando-me todo numa mensagem besta de celular, arrependi-me logo em seguida. Uma hora e meia depois, ela me respondeu. Com um ponto. Apenas isso: um ponto. Como o sinal gráfico que encerra sentenças, o apoio de um círculo, o alterador do ritmo numa partitura musical, aquilo que determina uma perspectiva, um simples toque de tinta no papel. Ou o tudo condensado em quase nada, um Big-Bang às avessas. Um ponto.

Ontem à noite, recebi de Marcos a seguinte mensagem: "Desculpe pela ausência e pela mensagem às vésperas do recesso, nessas horas não sabemos o que dizer. Me liga."

Deixei para telefonar somente hoje, talvez com receio de que as condolências tardias fizessem reviver em mim, àquela hora da noite, momentos de suspensão, a cabeça meneando vagarosa, o olhar baixo, uma palavra de agradecimento pouco antes de voltar à escuridão. Hoje, já mais preparado, tomei coragem e liguei. Para minha surpresa, ele sequer mencionou o assunto e já começou, com um tom de voz entusiasmado, me contando que Ísis estava com um aspecto cada vez melhor. "Nada melhor que ocupar a cabeça com as histórias dos outros, não é?"

Ele queria me convencer, me pareceu, talvez já sabendo da nossa situação conjugal delicada, de que a retomada gradual ao escritório, trabalhar nos lançamentos do ano que vem, estava fazendo bem a ela. Depois desse breve preâmbulo, comentou – e nisso se demorou por vários minutos, alongando detalhes e encurtando os pontos principais – que infelizmente a editora continuava com algumas dificuldades financeiras por conta da crise no mercado e que todos estavam perdendo noites de sono sem saber se o acerto de contas viria ou se iam levar mais um calote. Mesmo assim, disse ele, pigarreando, eles jamais deixariam de honrar tanto os pagamentos de royalties quanto os compromissos previamente combinados. Afinal, eu era um dos autores mais importantes da casa e a maior referência do país sobre paternidade. "Desculpe, desculpe a insensibilidade... Sei que esta palavra neste momento é... no mínimo indelicada", justificou-se em seguida mesmo sem eu ter dito nada. "Mas pelo amor de Deus: batemos trezentos mil exemplares no mês passado!"

Nessa hora, respirei fundo, não por impaciência, mas para que ele soubesse que eu estava escutando o que ele teria para me dizer em seguida. "Não desista de ir para Lisboa no ano que vem, querido amigo! Sua passagem já está comprada e em breve tudo deve voltar a entrar nos trilhos." Não respondi nada na hora, mas verdade é que eu havia esquecido completamente daquela viagem e de qualquer compromisso que estivesse marcado há mais de dois meses. Fiquei surpreso com sua iniciativa de me convencer, já pressupondo minha desistência. "Sim, sim, eu sei. Congresso de Psicanálise em Língua Portuguesa mais uma vez, quarta edição, o mesmo organizador prepotente. Mas veja: chegando lá, você decide. Se estiver à vontade para assinar uns exemplares do seu livro sobre Ferenczi, ótimo. A capa ficou linda, nada mal para o nível deles. Desculpa, sabe como eu implico com certas coisas, ha-ha-ha. Mas eu queria propor outra coisa: vai para lá, esquece um pouco dos problemas daqui, vai viver uma aventura!"

Marcos sabia, no fundo, que eu travaria se tivesse que me dedicar a mais um livro com as palavras "introdução", "principiantes", "conceitos" e "fundamentais" no título. Ele sabia também que o meu maior best-seller, aquele que me ajudava com as contas e sobre o qual eu sempre dei palestras, tinha como escopo o que era agora a maior ferida aberta da minha vida: ser pai. Questionei: ficção? "Algo sobre o Brasil, talvez: um pouco de violência, cinismo, desespero, mas não muito. Confio no seu potencial, seus relatos clínicos são como contos, meu amigo. Sim, claro que isso é um elogio! Pense nisso. Você precisa dessa viagem. A literatura não serve para nada, mas distrai, ha-ha-ha. Feliz Natal, bom Ano-Novo etc."

Ao desligar o telefone com Marcos, ressoou em mim a frase uma vez dita por um ex-paciente, que por sua vez a ouviu de seu pai, num sonho: "Não existe vida sem literatura". Aquele sujeito, que aqui chamo de B., teve uma infância e uma adolescência complicadas, com muitas privações materiais e subjetivas, e por alguns anos de sua juventude acreditou ter superado tudo que havia de mais desprezível em si mesmo e em sua história. Afinal, conseguiu enriquecer e ganhar notoriedade no ramo da mineração, e até chegou a aparecer na mídia como uma promessa, um prodígio. Transações equivocadas aqui, desvios éticos acolá, e seu futuro definhou. Mas só foi me procurar quando sua mãe perguntou o que havia acontecido, por que ele havia resgatado o pior do seu pai, perguntas que ele repetiu a mim na primeira sessão. Homem culto e autodidata, o pai chegou a ter uma microempresa, que acabou falindo, e até o fim da vida precisou ser sustentado pela esposa, bebendo muito, fumando muito, lendo e escrevendo muito.

Sem ter tomado qualquer decisão sobre a proposta que ele havia me feito, decidi revirar meus discos e colocar para tocar em nossa vitrola retrô um que até então havia permanecido lacrado e esquecido. Sentei-me em frente ao computador e abri uma página em branco. Giges, meu gato, acomodou-se no meu colo. Digitei a data de hoje. Quinze para as nove, indicava o relógio no canto inferior direito. Peguei meu celular e digitei "Foi você, não foi? A ideia de manter a viagem?" Na tela apareceu que Ísis estava digitando, mas passados dez minutos a resposta não veio. Então ela parou de digitar e ficou por isso mesmo.

Duas sessões depois de me relatar o sonho, B. não voltou mais ao consultório. Alguns meses depois, fiquei sabendo que seu corpo foi encontrado por um mergulhador em Ubatuba ou Guaratuba, agora não sei ao certo, em um mar já mudo.

[II]

São Paulo, 26 de dezembro de 2018.

Como conceber um futuro todo manchado de saudade? Quando um filho morre, duvidamos, para não dizer desdenhamos, da tenebrosa eternidade. Quando um filho tira a própria vida, o mundo inteiro subitamente deixa de ter razão, exceto aquilo que dá volume ao que ele deixou. No meu caso, Dóris cumpre de certa maneira esse papel. Pois a falta nunca é apenas um vazio – a falta é um nada sustentado por lembranças, palavras e pessoas que nos restam, que nos amortecem ou atormentam.

Ontem passei grande parte do dia com Thalia no hospital. Ela recebeu alguns parentes e amigos, seus e da filha. Todos, certos de que Dóris sairia do coma em breve, trouxeram presentes de Natal e os deixaram ao lado do pequeno pinheiro artificial que Thalia havia arrumado. Durante o tempo das visitas, alguns mantinham distância da cama, como se eles fossem de alguma maneira perturbar o sono profundo de Dóris; outros se aproximavam mais para contemplá-la, inevitavelmente esboçando expressões de pena e tristeza; havia ainda aqueles que, segurando as lágrimas, lhe tocavam o braço ou acariciavam as bochechas do rosto plácido.

Estava esperando que todos fossem me tratar como um criminoso, o grande culpado pela situação. Felizmente, me enganei: ninguém me olhou feio, salvo um primo distante do interior, um sujeito bonachão que disfarçava a calvície com um penteado com muito gel nos poucos fios que restavam e se orgulhava, segundo Thalia me contou depois, de ter enriquecido sem nunca ter estudado. Chegando lá, esse primo de segundo ou terceiro grau perguntou se Thalia estava precisando de dinheiro e deixou um cheque, mesmo ela dizendo que não precisava. "Vocês vão sair dessa, se Deus quiser", disse ao ir embora, depois da visita de cinco minutos.

Os parentes e enfermeiras entraram e saíram, e eu permaneci naquele quarto de UTI por tantas horas que cheguei a dividir com Thalia a refeição destinada a acompanhantes. De alguma maneira, sentia-me parte daquilo tudo: aquele sofá-cama revestido de courvin bege, os tons amadeirados misturados com toques cítricos para disfarçar o cheiro de éter, a janela com vista para um condomínio de luxo, os sons intermitentes dos aparelhos médicos e dos passos nos corredores, o tremeluzir dos outros quartos. Como Ísis nunca quis se envolver com o outro lado da tragédia, a relação que estabeleci com Thalia, a princípio forçada pelos reveses do acidente, se desenvolveu como um espaço potente de apoio bilateral. Tornamo-nos companheiros de luto, amigos que nutrem a relação com um fardo em comum, e nossa forma muito particular de convívio, contida e catártica na mesma medida, vem produzindo em nós bastante movimentação psíquica.

Desde o começo, ela percebeu meu sentimento de culpa, e já me disse algumas vezes que acidentes acontecem, principalmente de carro, numa cidade como a nossa. Somos todos sobreviventes do acaso, ela dizia, imprimindo, como lhe era característico ao lançar frases de efeito, uma ênfase exacerbada na última palavra. No fundo, porém, sei que ela pensa como eu, como todos: o responsável era, na verdade, o meu filho, afinal, era ele que estava no volante quando o carro colidiu com o poste. Mas bastava eu sugerir minha suspeita, a de que ele havia sido tomado por uma crise profunda de ordem dissociativa, levando-o a perder o controle da situação ou mesmo a provocá-la – sem saber que sua ação não apenas o mataria, mas deixaria também a amiga da faculdade, para quem ele dava carona, em estado vegetativo e sem previsão de melhora –, para ela me devolver uma pergunta digressiva, mas redentora: "Você tem sonhado muito com eles?"

Quando queria falar de si sem mencionar o ocorrido, contava histórias engraçadas ou dramáticas, mas sempre levemente inverossímeis, de sua carreira interrompida como atriz de teatro musical. Thalia nunca teve a chance de fazer um papel de grande destaque, mas na década de 1990 participou, segundo ela, de grandes sucessos como *Hello Gershwin*, *Metralha* e *Na Bagunça do Teu Coração*.

Ontem, no quarto gélido do hospital com ares de shopping, Thalia chorou três vezes durante o período em que estive ao seu lado. Eu sabia que a tristeza provinha da data, o primeiro Natal sem a presença da filha, mas sabia também que ela jamais tocaria no assunto diretamente. Em vez disso, levantava-se, olhava para Dóris e começava uma nova história: "No Natal de 1997, Dóris tinha só sete meses, eu estava me preparando para meu retorno aos palcos. Coitadinha... *Rent* ia estrear e eu não podia...". No meio de sua enunciação, quando as lágrimas não se continham mais nos olhos, ela se calava e tocava minha mão, delicadamente, como que para preencher o silêncio. Aqueles toques suaves me despertaram um afeto forasteiro, situado talvez em algum lugar entre o desejo violento e o compadecimento manso.

Na volta para casa, enquanto dirigia, aproximava a mão direita do nariz, e sentia seu cheiro na minha pele. E, por alguma razão, aquilo me encheu de coragem. Senti-me ampliado, tomado por um ânimo que há muito não sentia. Foi ali que percebi que estava disposto a abraçar a ideia de passar um tempo fora. Parei e comprei duas garrafas de Cabernet Malbec 2017 para comemorar minha decisão.

Na saída do mercado, tentei desviar em vão de um morador em situação de rua que havia pedido dinheiro para comprar seu jantar quando entrei, alegando que na ceia só havia dado aos filhos ovos cozidos e farinha. Ao me ver com os dois vinhos, se dirigiu para mim, categórico: "Tem dinheiro para bebida cara, mas não para ajudar quem precisa". Não respondi, andei rápido até o carro e tranquei a porta antes mesmo de girar a chave. Pensei em tirar umas moedas da carteira e ajudar o homem, pensei em voltar e contar sobre as minhas dificuldades de viver sem meu filho nos últimos meses até que ele se arrependesse do que havia dito, mas sem esperar qualquer conclusão liguei o rádio numa estação de música clássica a um volume que preenchesse o espaço do carro e do meu peito, ainda mais convicto de que deveria sair do país o quanto antes. "Dietrich Fischer-Dieskau cantando 'Junto ao mar'", anunciou o radialista.

Já em casa, à noite, depois da primeira garrafa de vinho, liguei para o Marcos para confirmar minha ida a Lisboa, mas ele não me atendeu. Resolvi dar um tempo, esperar ele me retornar com calma quando visse a ligação perdida. Cinco minutos depois, liguei novamente duas vezes, uma seguida da outra. Nada. Então mandei uma mensagem antes que ele pudesse voltar atrás: eu iria, sim, para Lisboa, mas não honraria meus compromissos. Ficaria completamente sozinho por ao menos três meses. Ele respondeu algumas horas depois, disse que estava num lugar com sinal ruim e me mandou três emojis de mãos aplaudindo.

[III]

São Paulo, 3 de janeiro de 2019.

Nas vésperas de Ano-Novo, Ísis, meu filho e eu íamos à praia, vestíamos branco, pulávamos sete ondinhas, fazíamos sete pedidos, comíamos romã e guardávamos na carteira as sete sementes que cuspíamos, mais sete pedidos ou a reiteração dos mesmos sete. Ísis nos persuadia a concordar com ela quanto à potência desses rituais. Não que ela fosse mística, mas acreditava em energia, destino, causa e efeito, progresso, esse tipo de coisa.

Este ano não fomos à praia, evidentemente, e ela trocou a usual oferenda pelo que eu supus serem duas horas de meditação. Preparei para nós um jantar no nosso apartamento mesmo, um prato de escondidinho de batata com lentilha. Enquanto eu comia, ela olhava para algum canto atrás da minha cabeça e mal tocou no prato. Quando terminei, fez um gesto manifestando que também estava satisfeita e foi direto para o nosso quarto, onde se sentou no meio da cama com as costas eretas e os olhos fechados.

Quando deu meia-noite, resolvi mover para uma pasta oculta todas as fotos dele do meu celular. Creio que não conseguiria tornar a vê-las tão cedo: além da minha dor, a dor dele escondida por trás de filtros que mal sei aplicar. Os álbuns de fotografia, todos numerados desde o seu nascimento, permanecem guardados, junto com filmes de sua infância relativamente feliz gravados na sua maioria em VHS, no armário da área de serviço, dentro de grandes caixas esverdeadas. "Se quiser esconder em outro lugar, fique à vontade", disse à Ísis, que como sempre continuou sem responder nada ou esboçar qualquer reação mais significativa.

Depois, um pouco atordoado pelo contraste entre a histeria coletiva que se dava fora do apartamento e a placidez melancólica de dentro, não me contive e avancei pela porta do quarto do meu filho, que havia permanecido trancado desde então. Passei os olhos pelos objetos que nunca mais seriam usados ou tocados, agora dotados de tanto mistério e tragédia. Abri o armário de roupas, onde jaziam na mesma ordem em que sempre estiveram, para tentar sentir de novo seu cheiro. Peguei um de seus casacos, um que ele costumava usar bastante, e vesti. Deitei-me de barriga para cima em sua cama e passei a analisar as marcas de sujeira ou umidade nas paredes. Nada havia sido mexido: lá estavam a estante com seus livros, divididos por gêneros e subcategorias de acordo com a origem geolinguística dos autores; em cima da escrivaninha repousavam cadernos, papéis e pastas. Tudo disposto tão ordenadamente que nenhum de nós teve a coragem de tirar nada do lugar ou bisbilhotar.

Cheguei a fantasiar que ele teria me deixado uma carta pouco antes da fatalidade que romperia o imenso silêncio que ele deixou. Linhas se referindo, por exemplo, aos monges que se suicidaram quando Copérnico descobriu que a Terra não era o centro do universo – nesse caso, porém, com uma inversão dos papéis, ou seja, como se meu filho fosse Copérnico e os monges tivessem declarado a ele que o grande sentido de sua vida não valia de nada. Do lado de fora de um envelope bastante gordo e ainda fechado, encontrado em cima de sua escrivaninha misturado a outros papéis, estaria escrito "Pai, 7 de outubro de 2018". Logo trataria de escondê-lo entre álbuns dentro de uma das caixas esverdeadas. Nunca chegaria a abri-lo, nem cogitaria mostrar à Ísis, mas não deixaria de imaginar o que haveria dentro. A princípio, pensaria que dentro do envelope se acumulariam apenas páginas em branco. Haveria dias, porém, em que voltaria às caixas para verificar se ainda estaria lá, se eu não teria lido errado o destinatário e a data, passaria a mão pelo envelope branco e tentaria inferir se ele foi manchado por alguma lágrima, hoje já seca, e se seria possível ler alguma palavra colocando contra a luz.

Só fui me levantar quando os fogos ficaram mais esparsos e aquela tensão histérica da rua se desfez no ar. Guardei seu casaco no armário, tranquei novamente o quarto dele e espiei o nosso do corredor: Ísis estava de olhos abertos e uma expressão mais convidativa. Aproveitei para sentar-me ao seu lado e contar sobre minha decisão de manter a viagem. Falei sobre a sugestão de Marcos e me antecipei dizendo que ela não precisaria ser a editora responsável pelo meu livro se não se sentisse à vontade, que o Marcos podia passar para outra pessoa ou mesmo editar ele próprio. Embora não tenha me alongado muito, ela bocejou enquanto me ouvia e, quando terminei, como se minha vida não pudesse ficar ainda mais patética, me lançou um sorriso cáustico, o primeiro em muitos meses. Depois se deitou de costas para mim e apagou a luz, sem qualquer outro gesto ou palavra.

[IV]

São Paulo, 12 de janeiro de 2019.

Agenda refeita. O que seria: consultório na segunda-feira o dia inteiro, terça na parte da manhã, quarta da tarde à noite; na quinta, aulas no curso de formação de psicanalistas e, na sexta, supervisão com alguns dos meus alunos. O que realmente foi: aviso aos meus pacientes que não haverá mais consultas presenciais por tempo indeterminado; aos meus alunos, que não haverá mais aulas nem supervisão, que algum colega tão experiente quanto eu me substituiria; e ao Jaime, meu analista, que pela primeira vez em catorze anos teríamos que interromper nossos encontros.

"Quais são seus planos agora?", ele me perguntou depois de me ouvir falar por quinze minutos sobre meus planos. "E o que você espera encontrar quando voltar?"

Ficamos em silêncio por um tempo, um silêncio mais incômodo do que costumavam ser os mais dolorosos das últimas sessões. Não queria deixá-lo sem resposta, mas qualquer tentativa de esclarecer a situação me pareceu ridícula. Talvez porque, como o ar-condicionado da sala estivesse quebrado, e eu, suado na testa e nas axilas, tenha me preocupado mais em estar apresentável quando me levantasse do divã. Então disse simplesmente: "Não sei. Uma vida diferente."

Teresa me fez uma pergunta na mesma direção, no nosso primeiro encontro do ano. Toda segunda quinta-feira do mês, encontrava-me com seis amigos de profissão, os mesmos da bebedeira pós-eleição, num restaurante alemão próximo de casa. Embora o grupo ainda me remeta ao dia mais triste da minha vida, continuei a frequentar os encontros. Conversávamos normalmente em tom bastante ameno, diria até espirituoso, sobre alunos, filhos, pacientes, livros, filmes, casamentos, risadas e desgraças. Quando, ao falar de política, o clima pesava, era o humor que nos protegia das visões divergentes e da apreensão por sermos contemporâneos de tantos desacertos.

"Uma fuga temporária? Desculpa, mas é um paliativo de merda. Uma fuga definitiva seria mais interessante. Esse seu editor não está de complô com a Ísis, não?, ela me perguntou, enquanto eu mastigava meu Wiener Schnitzel com Spätzle, provavelmente na melhor das intenções, mas desmontando toda a narrativa linear e coerente que havia construído até ali. "Estou pronto para o que vier", respondi, sem desgrudar os olhos do meu prato. Todos riram.

Alguns dos meus pacientes, quando propus alternativas para as sessões dos próximos três meses, decidiram interromper o tratamento, outros pediram para continuar até o dia da minha partida e um grupo considerável concordou em continuar a análise à distância. Um ou outro me fez transgredir a regra de abstinência psicanalítica, obrigando-me a clarear a situação mais do que eu deveria. "Não, não é apenas uma decisão profissional", expliquei à M., que chegou ao meu consultório cinco anos atrás apresentando um grave estado melancólico e até delirante, irrompido no fim de um relacionamento violento e abusivo. "Não, não é apenas uma decisão pessoal", comentei com F., sujeito obsessivo compulsivo que me desafia há quase três anos com perguntas inapropriadas e que resiste teimosamente a falar de suas próprias questões, preferindo expor sua única filha, noiva e há pouco tempo grávida de um "mau elemento", nas palavras dele.

Depois desses dias atribulados, instalou-se a pura espera. Tomado por preguiça, passo horas no celular como tentativa frustrada de me reconectar com o curso do tempo, vendo as notícias. Parece que consigo mexer apenas meus dedos, que se esforçam para digitar estas palavras ou algumas mensagens de texto para Ísis: "estou com fome", "quero andar duas voltas no nosso quarteirão", "tive uma ereção agora há pouco, mas já passou". Movimentando meus dedos para esta espécie de diário, não sei se espelho minha vida como quem tenta ressuscitar o filho morto, ou então, num gesto de amor maior, enterrá-lo de vez.

Hoje, enquanto estava limpando a caixa de areia de Giges, minha mente formou sem aviso prévio a seguinte sequência, como se eu tivesse resgatado e projetado aleatoriamente um dos rolos de filme guardados: meu filho com sete anos correndo pela praia, de sunga e camiseta, depositando conchas dentro de um pote de vidro, que, por conta da areia e da água que acabavam entrando junto com os achados, não nos deixava entrever toda a sua beleza interior. Ísis o ajudava na sua missão, enquanto eu catava pedras protuberantes e as atirava na água. Um, dois, plof. Meu desafio era que elas pulassem três vezes ou mais antes de afundar. Meu filho saltitava excitado de pura alegria, e creio tê-lo ouvido perguntar à mãe, entre uma concha e outra, por que estávamos tão felizes.

Tive uma crise de choro em frente à pia e acabei usando a água que ainda escorria da torneira para lavar meu rosto. Depois escrevi para Ísis "estou pronto para o que vier" e, desta vez, veio um ponto de interrogação como resposta.

[v]

São Paulo, 23 de janeiro de 2019.

Ontem fui à casa de Thalia para me despedir. Avisei Ísis por mensagem, que me respondeu com "mande um beijo". Não deixa de ser curioso que, à medida que se aproxima o dia da minha partida, minha relação com minha esposa só tenha melhorado. A passos lentos, é verdade, com avanços ínfimos para quem quer que visse nossa dinâmica de fora. Ainda assim, considero que são progressos significativos: ela está mais calorosa nas mensagens monossilábicas, e o número de caracteres aumentou de um modo geral. Outro dia cheguei até a pensar que tinha tocado minha mão enquanto eu dormia. Suspeito que ela esteja de conluio com Marcos sobre os planos e as expectativas editoriais para minha obra futura. Ou então que ela esteja se redimindo antecipadamente, com peso na consciência de levar para a nossa cama, durante a minha ausência, algum escritorzinho com quem ela já mantém relações extraconjugais e, pior, até dialogue normalmente.

Thalia, por sua vez, recebeu a notícia com menos entusiasmo e cheia de questionamentos. "Vamos continuar em contato todo dia?", "Precisarei recorrer à Ísis?" ou "Você vai continuar depositando todo mês?" seriam perguntas óbvias demais para seu gênio imprevisível. No lugar delas, me lançou assim que eu cheguei armadilhas como: "Você espera expurgar um mal-estar coletivo para lidar com o seu?". Não fui capaz de respondê-las senão com um riso brevíssimo que mais parecia uma lufada de uma nota só pelo nariz.

Provavelmente desapontada com minha atitude esquiva, em vez de nosso tradicional café da tarde Thalia me ofereceu uma gim-tônica que ela mesma fez questão de preparar. O primeiro copo levou ao segundo, e assim por diante. Isso tornou nosso encontro, normalmente com duração de poucas horas, tão longo que se estendeu até quase a madrugada e foi perceptível como nossas vozes iam ecoando e preenchendo cada vez mais os espaços vazios. Conversamos sobre nossas músicas favoritas dos anos 1980 e Bibi Ferreira. Depois, contei a ela, sem entender por quê, as dificuldades que Ísis teve durante a gravidez, e como ela quase perdeu o bebê enquanto eu estava num congresso na França. Ela pareceu não escutar nada dessa parte; seus olhos, já levemente estrábicos, envesgavam mais a cada copo.

Quando dei por mim estávamos bêbados, muito próximos um do outro e gesticulando bastante, embora fizesse muito calor e os movimentos e a proximidade nos deixassem bastante molhados de suor na testa. Após o quarto ou quinto copo, Thalia decidiu colocar o disco do *Hamilton* como trilha de fundo. Até então, a despeito da atmosfera preservada pelos vários pôsteres com letreiros em inglês em suas paredes, sua casa sempre me pareceu mais silenciosa do que o normal.

Conduzidos pela emoção das músicas, passamos então a falar de amores do passado. Ela falou em ordem cronológica da sua primeira vez, primeiro namorado, primeira traição nos mínimos detalhes – ao pai de Dóris, contudo, ela se referia apenas como um doador de sêmen. Àquela altura, as pausas, marca das nossas conversas, haviam sido atropeladas pela conversa ininterrupta, sem hesitações, lamentos ou suspiros, intercalada às vezes com frases que ela cantava junto com o disco: "*This is not a moment, it's the movement*".

Partiu dela a atitude de me beijar. Até então, as ambivalências da nossa relação se resumiam a elementos da – como dizem meus colegas de profissão – ordem da fantasia. Daquela vez, não: transamos no sofá, embora eu tenha preferido ir para a cama e, estirado no colchão, acompanhar seus movimentos em cima de mim. Mesmo tendo me desdobrado para me encaixar naquele desconforto pouco acolhedor, fiquei com a sensação de que ela esperava um ato mais selvagem e arrebatador, desses para fazer jus tanto a uma primeira vez quanto a uma despedida.

Assim que terminamos, ficamos desconfortavelmente deitados no sofá, ela ainda por cima de mim. Então ela foi preparar mais uma gim-tônica na cozinha enquanto eu me vestia, mas, desta vez, voltou com um copo apenas, o dela, recado que eu consegui compreender antes de questioná-la. "Com esse calor precisa colocar mais gelo", disse apontando para a própria bebida. "Fazia tempo que eu não bebia para valer", concluiu, sem me oferecer nem um gole.

Do lado de fora já me esperava um táxi quando demos um último selinho. Enquanto nossos lábios se tocavam, espero que ela tenha entendido que: sim, eu pensei em perguntar "a propósito, como vai Dóris?", mas achei que não era o momento. E sim, eu quis afirmar que "da próxima vez, quando eu voltar daqui a alguns meses, ela já estará bem e eu farei você gozar", mas não podia prometer nem uma coisa nem outra. Mas, pelas expressões despreocupadas do seu rosto, infiro que tenha compreendido tudo.

[VI]

Guarulhos – Lisboa, 31 de janeiro – 1º de fevereiro de 2019.

23h52 (horário de Brasília)

Todo relato de viagem é outra viagem. A minha havia começado e eu nem percebi? O avião partiu não faz nem três horas e já começo a me sentir um homem do mundo. Trago comigo Rivotril, Aspirina e alguns livros. Deixo para trás uma carreira mais ou menos bem-sucedida, alguns pacientes de longa data, duas mulheres enlutadas, uma cidade de muitas farmácias, poucos amigos, a sombra de um filho, um gato.

0h21

Acabo de jantar frango grelhado com arroz amarelo. Do meu lado direito, um adolescente com cerca de quinze anos assiste a episódios aleatórios de seriados dos anos 1990. Do meu lado esquerdo, uma mulher (portuguesa, pelo sotaque ao escolher o menu) tem os ouvidos blindados por uma música de batida repetitiva. Tenho a sensação de que ela, às vezes, dá uma espiada no que estou digitando. Mal sabe ela que só escrevo o que me vem à cabeça e que minha maior preocupação no momento é: será que Ísis vai se lembrar de alimentar o Giges? Ela me disse (por mensagem) que voltaria no fim da tarde. Almocei e fiquei de malas prontas, esperando-a chegar em casa e me despedir, nem que fosse um adeus apenas com o olhar. Seis da tarde e ela não havia chegado, nem mandado notícias. Peguei um papel amassado na cozinha e rabisquei a quantidade de ração que Giges deveria comer por dia e os horários mais adequados. "Beijos saudosos, Hélio." Mas risquei esse final: "Fique em paz, H.".

3h15

Não consigo pregar o olho. Os olhos se fecham, mas nunca estive tão desperto. À insônia se acresce a vontade de permanecer prostrado, sem me valer dos entretenimentos que a companhia aérea pode me proporcionar. É também tarde demais para tomar remédio: sem a garantia de que funcionariam, a chance de chegar dopado é grande. Desisto de dormir. Pego para ler o Mishima que trouxe na minha bagagem de mão. Parece que ele planejou seu haraquiri por um ano e deixou pistas em alguns romances. Um modo de morrer japonês que não se pode copiar, é verdade. Mas e um acidente, pode-se planejar? Ou o verbo correto seria "prever"? O planejamento do próprio fim precisa sempre encontrar uma fenda, como, por exemplo, um instante imponderável em que o destino de uma nação se choca com o caminho de um indivíduo, para ser executado? Talvez nunca deixe de me perguntar isso. Talvez tenha sido apenas um acidente, sem planejamento. Cada dia em que sobrevivo à falta parece equivaler a todo o período em que ela esteve lá e eu não notei.

4h03

Comecei a sentir uma espécie de aflição na perna, um arrepio pungente que não chegava a doer. Parecia um choro acumulado nos músculos. Levantei-me e fui ao banheiro sem nenhuma vontade de usá-lo. No caminho, observo os passageiros que conseguem dormir naquelas condições adversas. Quão desprendido ou cansado é preciso estar? No banheiro, arriei a calça e a cueca para imaginar que aquele espaço seria utilizado. Observei meu pênis murcho, pendendo levemente à direita, menor do que como geralmente se apresentava. O dedo discreto de Thalia indo à boca, entre uma chupada e outra, para rapidamente se livrar de um dos pelos rebeldes.

5h24

Escrever como quem corre atrás de uma ideia furtiva e sagaz, que vira a esquina para me despistar, sobe no ônibus errado, mistura-se na multidão, sobe até o topo de um prédio para se matar e se joga – e aí, morreu ou não? Chegar a Lisboa sem a mínima ideia do que posso desenvolver seria pior do que esquecer as malas: seria como levar meu guarda-roupa inteiro para lá. Uma vida sem seleção, com infinitas possibilidades de escolha, sendo que todas as combinações pareceriam arranjos mal elaborados. Dúvida: começar uma história amanhã? A certeza: em homenagem a um velho conhecido meu, seu condutor se chamará Eitor.

8h45 (horário de Lisboa)

Distraio-me com a vista da janelinha e me demoro tentando decifrar o que é nuvem, mar ou os desenhos e formas da costa. Nunca deixarei de me surpreender e deslumbrar com a proximidade do sol que vai aparecendo e com a distância das manchas esverdeadas e azuladas embaixo. O piloto acaba de anunciar que o avião já vai pousar: não sei se minha alma canta ou rouqueja.

[VII]

Lisboa, 4 de fevereiro de 2019.

Na minha primeira noite em Lisboa, sonhei com uma festa familiar num extenso gramado, onde tanto os vivos quanto os mortos marcavam presença. Os que tinham morrido há mais tempo estavam desbotados, como numa fotografia antiga. De repente, tive a impressão de que faltava alguém, alguma presença milenar pela qual todos esperavam. Eis que surgiu uma menina de quatro ou cinco anos, com um vestido bordado, até as canelas, e um chapéu preto que cobria seu rosto. Era uma criatura de difícil definição e, considerando que não tinha cor alguma, provavelmente sua morte havia ocorrido em alguma década ou século longínquo. Ela se aproximou lentamente de todos nós e, quando tirou o chapéu e nos mostrou seu rosto pálido, acordei.

Meus dias aqui até agora se resumiram a, logo ao despertar, escrever as lembranças do que havia sonhado, hábito que cultivava no meu tempo de estudante e que já estava abandonado havia pelo menos vinte anos; pelas manhãs, tenho caminhado pela cidade e, no período da tarde, feito algumas anotações sobre minhas percepções do meu novo lar; à noite, tenho saído somente para jantar, geralmente numa tasca nas redondezas – impressionante essa minha habilidade em criar rotina em qualquer situação, para então quebrá-la bravamente em doses homeopáticas.

Foram poucas as conexões significativas, por escrito, telefone ou imagens, estabelecidas com o Brasil. Limitei-me a avisar à Ísis, bem como a algumas pessoas próximas, que meu apartamento na Mouraria ficava no último andar de um prédio de três andares e que, embora antigo e pequeno, tinha seu charme. Ela me respondeu com um ponto de exclamação e não nos falamos mais. Guardei para mim os detalhes, as minúcias das formas sinuosas e dos sons melancólicos que têm me invadido feito velhos viajantes: das ruas estreitas e inclinadas, iluminadas por arandelas coloniais, ou da via atravessada pelos elétricos amarelos que vêm da Baixa; das frutas expostas na calçada ou do fado rasgando o céu; das casas suavemente amareladas, azuladas, acinzentadas, rosadas, ou das placas sempre azuis com números brancos, posicionadas logo em cima das portas; das escadarias por vezes labirínticas ou das paredes quase sempre pichadas, conferindo cor nova aos muros antigos; dos azulejos estelares; dos sinos batendo ou do ranger de portas à noite; da língua falada tão próxima e tão distante ou das varandas de ferro que sustentam os varais, como se os varais fossem o avesso das moradas, com suas roupas marcando um intervalo de tempo e por meio das quais se pode inferir quem as veste.

Tampouco relatei a alguém minha principal dificuldade nesses primeiros dias. Tendo mantido todas as minhas anotações de sonhos e paisagens em pequenos cadernos costurados e de páginas industrialmente rústicas, o computador deveria me servir exclusivamente para começar a tal ficção de alto nível que funcionaria a um só tempo como fotografia e cena, síntese e análise, espelho do presente e registro para as futuras gerações. Diante da página em branco do Word, porém, fugi das palavras refletindo sobre aquilo que deveria ser tanto o começo quanto o fim de tudo.

Não contei a ninguém que dediquei enorme tempo, diante do brilho pesado da tela, a pensar sobre as configurações e a fonte mais adequadas para aquele trabalho sob encomenda: se eu escolhesse espaçamento dois, poderia iludir-me com um progresso mais rápido. Por outro lado, com espaçamento um eu certamente me sentiria diminuído diante do avanço lento, um fracassado, e talvez ficasse para sempre estagnado. Decidi-me, enfim, pela Times New Roman, doze, espaçamento um e meio, exceto na belíssima página de rosto que criei também, onde se lia "Título provisório", fonte Times New Roman 24, com meu nome logo abaixo, fonte Times New Roman 16. Arrumei as margens, os recuos, as quebras de linha e orgulhei-me daquele espaço vazio tão perfeito que apenas uma obra-prima teria licença para preencher. Então, não escrevi mais nada.

Com Thalia fui um pouco mais prolixo. Disse a ela que já estava criando o hábito de escrever ao menos uma linha por dia, uma mentira que cedo ou tarde precisava transformar em verdade. Também confessei que já me sentia ansioso e incomodado por não estar fazendo nada, ou ao menos nada que as pessoas reconheceriam como atividade: andarilho e narrador. É claro que poderia ocupar grande parte das lacunas desses primeiros dias com passeios que se passariam tanto por turísticos quanto pesquisas de campo, mas até quando isso duraria? As consultas que manteria à distância seriam escassas e não me bastariam para ocupar minha agenda. A quem me perguntou – os atendentes mais simpáticos dos estabelecimentos com quem cruzei, sobretudo – se eu vinha do Brasil e o que estava fazendo ali, respondia que estava de férias. Não caberia a desconhecidos uma resposta mais direta, como afirmar que estava de luto e, por isso, escrevendo. E mesmo essa justificativa talvez seja redundante: nós não escrevemos sempre enlutados, buscando algo que já se perdeu para representar ou então, a partir das nossas ruínas, tentando engendrar em terra devastada algo quase totalmente novo? Essa questão, que me ocorre agora, também não dividi com Thalia.

Na minha segunda noite em Lisboa, sonhei que as páginas dos livros que eu levava comigo haviam se apagado e que era preciso reescrevê-las. Tentava desesperadamente passar o que eu lembrava das obras à mão para o papel, mas só saíam garranchos medonhos e pouco legíveis. A tinta da caneta falhava, a ponta do lápis quebrava continuamente. Foi então que Thalia entrou seminua e de salto alto no meu apartamento pequeno, mas aconchegante e começou a andar a esmo pelo espaço de 30 metros quadrados, manchando com marcas de sapato o vazio das páginas espalhadas pelo chão.

Já na terceira noite, sonhei que fortes ondas se erguiam no estuário do Tejo, como em 1755, e que eu podia ver da minha janela toda aquela água inundando a Baixa. Apesar das fugas desordenadas, paredes ruindo, tropeços em pedras e corpos, alcancei a água com a mão, que levei à boca e constatei um gosto salgado – era o mar que chegava a mim, inevitável e imprevisível. Minha cabeça ainda girava ao acordar e só parou quando fui à janela e vi os varais colorindo o horizonte da cidade. Lembrei-me então do primeiro sonho e, não sei se por esforço de reconstituí-lo ou tentativa de alguma hipótese interpretativa, foi o rosto do meu filho que vi no corpo sem cor da criança morta.

Heitor

[2005]

Vou rodar até ficar tonto, disse onze anos atrás ao meu avô, no dia em que eu quebrei o braço e ele tossiu, último dia das férias que poderiam ter sido as melhores de todas, do primeiro mês da minha vida de que me lembro com clareza. Sei que foram bons os quinze dias viajando de Paris a Lisboa com meus avós e os outros quinze na casa deles, longe da minha mãe e esquecido de seu período na casa de repouso para melancólicos, drogados e bulímicos, pois na casa de meus avós podia comer mingau de aveia pela manhã enquanto assistia à Cachinhos Dourados comendo o mingau dos ursos, à tarde praticava o ponto cruz que minha avó havia me ensinado ou então subia no terraço e, observando os passantes, procurava pelo rosto do meu pai, que não existia ou que me havia sido omitido, e à noite, com as luzes apagadas e velas acesas, ouvia histórias de castelos medievais que meu avô gostava de contar. Agora, neste quarto estudantil, com meus dezoito anos, também afastado de minha mãe e de todos, talvez seja o melhor momento para resgatar em palavras o último dia daquelas férias, quando depois de tantos quilômetros percorridos em outro continente ainda formos visitar, já de volta, o sítio dos meus avós, a trinta minutos de São Paulo, fora do curso normal da vida, cultivando a ansiedade de, no dia seguinte, me gabar para meus amigos que eu estava grande o suficiente para não chorar de saudade da minha mãe e que talvez pudesse ficar sem ela por mais tempo, totalmente independente, muito bem, obrigado.

Vou rodar até ficar tonto, e corri e me enfiei no meio da mata, rodei em volta de mim mesmo, rodopiei bastante até ficar zonzo, saí correndo e notei que as árvores ficaram do meu tamanho, notei que o rio que sempre havia andado em linha reta naquela hora serpenteava. Desnorteado, eu ia atravessando as trincheiras, o mundo numa balança para lá e para cá, seguia me aventurando e ia deixando que algumas teias de aranha grudassem no meu corpo. Enquanto estivesse zonzo não pararia de correr, e corri sem rumo até que me perdi, e corri mais até que encontrei meu lugar favorito, um montinho de terra que se mostrava para mim como a maior das montanhas, de onde podia observar tudo o que queria, um pequeno morro de onde consegui ver meus avós como dois pequenos seres, onde com uma mão cutucava a minha cabeça no ponto que eu acreditava ser seu centro e com a outra, ao estender meu braço, consegui que eles coubessem entre meus dedos, que se fechavam até que eles fossem esmagados e escorressem.

Já vamos voltar?

Ainda não.

Então minha avó me chamou repetidas vezes, das primeiras vezes só ouvi sua voz entoando as vogais do meu nome de um jeito que até parecia o canto repetido e cadenciado de um pássaro qualquer, mas depois meu nome completo ecoou pela mata, e me extasiei tanto com a forma doce como ela o pronunciava que pensei em me esconder e fechar os olhos para continuar ouvindo sua voz com o som da natureza ao fundo, dos sapos, da água, do vento batendo nas folhas e meu nome como um refrão.

Está na hora de colher morangos, ela disse, e eu soube que aquilo significava que em breve partiríamos de lá, que eu voltaria para a casa da minha mãe e a vida recomeçaria como era. Entendia que pegar os morangos silvestres para levar para a cidade era como agarrar-se a um mundo que não me dizia respeito, ou quase, ou pelo menos assim eu supunha, e eu precisava, portanto, me apressar para pegar o máximo que podia carregar antes que a volta fosse oficialmente decretada. Então me levantei num salto e já fui correndo de novo e, embora não mais entontecido, tropecei em mim mesmo e bati o braço na raiz de uma árvore, agora muito maior do que eu. Levantei-me novamente e tentei me recompor, queria chorar, mas não podia reclamar da dor crescente porque isso poderia suspender o pouco tempo que me restava.

Por que está colhendo os morangos com uma mão só, Heitor?

Minha avó à frente, colocando os morangos dentro de uma bacia, meu avô nos acompanhava, caminhando a uns três metros de distância atrás de nós, e eu entre os dois, pegando os morangos e colocando-os direto na boca, fingindo que nada havia acontecido. Para não levantar suspeita, depois do quinto ou décimo ou vigésimo morango engolido passei a colhê-los e entregá-los diretamente a meu avô, que agora acompanhava meu passo, até que ele não pôde mais carregar nada também, ele tossiu e minha avó olhou para trás, assustada, e ele tossiu de novo e de novo, uma tosse estranha que o fazia perder o ar.

Vamos voltar.

É só uma tosse.

Continuamos andando e uma nova tosse começou, pior do que a primeira, num acesso que durou quase um minuto, e meu avô ria e tossia para com o riso abafar a tosse, para dar um pouco de alegria a uma triste cena, ou como se quisesse que também achássemos graça daquele barulho cada vez mais esquisito, os movimentos de seu corpo provocados pela tosse ganhando veemência, ele tentava segurar com força os morangos, mas depois de um minuto de tremores provocados por aquele ar que saía do pulmão, desesperado, os morangos escorreram e caíram todos no chão.

Va-mos-vol-tar.

Deviam ser no máximo quatro da tarde quando minha avó foi enfática dizendo que já estava escurecendo, anunciando a noite antes do fim do dia, e nesse momento pensei que aquela firmeza provocaria em meu avô um dos seus rompantes de raiva, geralmente sem muita relação com o momento anterior ou posterior, toda uma insatisfação geralmente descontada na minha avó, por alguns minutos sem parar e depois tudo continuava normal. Mas daquela vez não, daquela vez ele concordou que era melhor ir embora, e depois disso não me lembro direito dos eventos que se sucederam, talvez eu tenha dormido e sonhado com a estrada até chegarmos ao hospital onde eu enfaixei meu braço e meu avô, apesar de sua teimosia, concordou em se instalar.

No hospital onde eu ia visitá-lo quase todos os dias, ele parecia ir desaparecendo e achei que ele fosse morrer, queria chorar e não podia, então rodava até ficar tonto para ver se ele voltava ao seu tamanho normal, e se eu não me engano deu certo ou talvez eu tenha sonhado com isso, e talvez eu tenha sonhado que numa das visitas meu avô balbuciou, entre grunhidos, algo incompreensível que só eu compreendi, que ele queria que ficássemos um pouco mais. E ficamos um pouco mais, em silêncio, e naquele espaço onde tudo se contraía ele me chamou para perto e sussurrando ao meu ouvido pediu que lhe trouxesse cem morangos silvestres da chácara. Por alguns segundos fiquei muito assustado, não sei se com o pedido, com sua aparência ou com sua voz, e só me tranquilizei assim que ele disse que quando meu braço melhorasse eu conseguiria pegar todos, colhê-los e trazê-los, sem que escorressem.

[2006]

Meu coração bateu mais forte quando passou perto de mim a menina que falava com todos os colegas da classe sem nenhuma inibição e vivia dando risada de qualquer coisa, cabelos castanhos compridos e boca rosada, que queria ser uma cantora famosa e se apresentava desde os seis anos na cerimônia de encerramento do período letivo e, quando era ovacionada por pais e alunos, piscava e acenava para a plateia. Ela passou por mim com sua mãe e me olhou com simpatia e doçura, freando um pouco os passos inquietos de sua mãe, íris crepitantes, piscou e acenou para mim, como se eu representasse algo de importante na vida dela, uma plateia viva, mesmo eu estando prostrado no cimento gelado do pátio enquanto esperava a perua escolar vir me buscar, sozinho como de costume. Enrijeci ainda mais o corpo, da cabeça aos dedos do pé, levantei-me, a postos por aquilo que ainda não tinha hora para chegar, e imaginei, sem a compreensão que agora adquiro, que aquilo era estar apaixonado, a rigidez como resposta à afabilidade fortuita, mas não, não foi por isso que fiquei tão feliz aquele dia.

Minha felicidade também não se devia à desgraça alheia, a do garoto que era o penúltimo a ser deixado em sua casa pela perua, logo antes de mim, o último, sempre mascando chiclete, sempre pedindo à motorista, uma mulher de cabelo curto, tatuagem e de óculos escuros, pela estação de rádio que toca *You're beautiful* na hora do almoço, o que me fazia pensar, sempre, se aquela era sua maneira de se enrijecer. Mas nesse dia não, nesse dia ele entrou cabisbaixo na van, não mascava chiclete e não queria escutar música alguma, nesse dia ele se sentou no último banco, onde eu costumava ficar a sós, colocou a mochila no colo e cruzou os braços por cima dela, como se quisesse se proteger de algo, e me contou, sem eu perguntar, que levou uma advertência da professora de português e que, quando era assim, o pai o trancava no quarto depois de espancá-lo com um cinto até que ele engolisse o choro. Ouvindo aquilo, preencheu-me não a agonia pela dor alheia, mas uma paz indescritível, a de saber que eu não tinha um algoz, que ele não existia ou pelo menos não aparentava existir, e jamais me deixaria marcas no corpo como o pai do garoto. Nesse dia o sentimento de serenidade ditou a viagem até minha casa, mas não, também não era esse o motivo por eu ter ficado tão contente.

Em casa, com minha mãe, não encontrei mais um dos nossos dias monótonos, o cotidiano comum que remetia a um casulo morno e asfixiante, como quando nós dois estávamos na sala vendo televisão ou ao redor da mesa, ela me perguntando, sem graça e interesse, sobre as lições de casa e sobre as minhas notas, o pouco enlevo dela quando dizia que tudo ia melhor que o esperado, a distância intransponível entre nós, sem toques e beijos, como se eu fosse um presente indesejado que lhe deram, como se eu fosse um arrependimento que ela não podia compartilhar com ninguém. Nesse dia, ao contrário, Diana pareceu estar tomada por uma excitação inédita em sair comigo e me mostrou o vestido que iria usar na festa, todo preto e com rendas discretas no busto, e me perguntou se poderíamos tomar banho juntos, mas isso tampouco me deixou totalmente feliz.

Foi na casa de Helena, onde havia uma montagem, no fundo da sala, como parte da decoração da festa, em que as cabeças de Laio, Lígia e Helena se encaixavam no corpo dos personagens animados de *Os incríveis*, onde a hora de comer o bolo e os doces era postergada, ainda que se sentisse um cheio de queimado vindo da cozinha, onde Laio estava gritando com a empregada, ameaçando demiti-la e, em seguida, se divertia ao perguntar quantas horas ela passava na condução por dia, onde Lígia e minha mãe cantavam a plenos pulmões uma canção da Marina Lima da época de faculdade das duas, foi lá que me senti completamente feliz. Lá conheci Helena, uma Helena que ainda não sabia falar, para a preocupação de Lígia e Laio, mas que já sabia mostrar o número dois com as mãos e andava sem precisar de apoio, uma Helena, serzinho sorridente e destemido, que me reconheceu como alguém e se dirigiu a mim quando cheguei, com seus passinhos cambaleantes.

A música fazia Helena se mover primeiro para um lado, depois para outro, quase tropeçava e continuava, e diziam que ela devia ter ouvido absoluto. Entre uma faixa e outra, lá estava Helena, ainda incapaz de falar uma palavra que fosse compreensível, mas assobiando uma melodia qualquer, que não tenho certeza se existia ou um dia existirá. Ali estava Helena nascendo para mim. Ela aspirava todas as letras do alfabeto e regurgitava novas, ponto gravitacional de estado amoroso puro, e isso me trazia uma dose de alegria genuína, nunca mais alcançada, da qual nunca mais poderei desfrutar. Ali nascia também uma obsessão inefável, mesmo que não pudesse compreender como uma imagem insignificante fosse capaz disso, a ponto de eu disparar para agarrar Helena pelas axilas e elevá-la com a força dos meus braços.

Helena suspensa como uma espera indefinida, como uma iminência de Helena, minha irmã, minha amiga, minha idealização do talento e da liberdade, por quem eu deixei escapar, em voz alta, provocando a risada de todos, o primeiro questionamento instantâneo, nunca mais redescoberto e repetido, sobre aquela eternidade fugidia:

Por que estou tão feliz hoje?

[2007]

Duas redes de descanso cor marfim, amarradas do lado de fora na sala da casa dos meus avós, uma seguida da outra, bloqueavam a visão de tudo que acontecia atrás do imenso vidro. Do lado de dentro, uma estranha agitação de risadas desmedidas, falatórios sem fim, pessoas ocupando o piano em que eu dava minhas primeiras carícias quando não havia mais ninguém olhando, cantoria intermitente e violão, as vozes num tom acima da normalidade, as risadas por vezes agudas demais, os sons desafinando ao longo da noite por motivos que eu não podia entender bem, alguns clamores, talvez até alguma dança, "alguém cantando longe daqui", e o lado de fora um gramado bem aparado e parcialmente coberto por um caminho de concreto que, embora não ligasse nada a lugar nenhum, me guiava para onde as paredes eram distantes, as vozes viravam balbucios incompreensíveis e meus devaneios de menino cabiam no espaço que eu podia tocar.

Naquela noite, e em ocasiões semelhantes àquela, meu avô recusava seu papel de protagonista, de especialista, de grande regente, e até mesmo de meu professor involuntário, como quando me ensinava o que eram as notas brancas e as notas pretas do seu piano e depois tocava junto comigo dó, ré, mi, fá, fá, fá, dó, ré, dó, ré, ré, ré. Ou quando me levava a concertos na Sala São Paulo, em que ele também não era o centro das atenções, mas era meu guia, e me pedia para eu fechar os olhos e escutar tudo integralmente, o que estava em segundo plano, atrás do solo.

Preste atenção na beleza da harmonia, no jogo entre violino e orquestra.

Eu obedecia sem questionar e com orgulho, atento à força do confronto da orquestra com o silêncio da plateia, e só trapaceava um pouquinho para ver entre meus cílios suas mãos se mexendo sutilmente, quase imperceptíveis. Guardava todas as perguntas para o intervalo, eu pedindo explicações sobre tudo, ele respondendo entre um encontro e outro no café com vários conhecidos que o admiravam como eu.

Vivaldi é o grande ídolo de Veneza.

Olá, meu querido!

Uma cidade que são várias ilhas ligadas por canais.

Quanto tempo!

Imagina só, água em vez de asfalto.

Este é meu neto.

Mas, daquela vez, como em outros jantares parecidos, meu avô sugeria que eu fosse brincar em outro canto, de preferência lá fora onde outros sons se propagavam, grilos chirriando, as folhas como ondas sem ritmo, e ele sentava-se na poltrona onde costumava ler jornal e se restringia a observar aquele desfile ruidoso por cima dos óculos com um meio sorriso desenhado no rosto que eu nunca pude confirmar se era de altivez ou de tranquilidade, uma placidez que não espera nada nem ninguém. Enquanto isso, eu era expectativa pura fora daquela polifonia dissonante da casa, fantasiando à distância os personagens de um concerto improvisado sobre os quais não tinha qualquer controle, mãe, avó, amigos da mãe, filha dos amigos da mãe, meu próprio avô cuja saúde na época parecia ter se recuperado completamente.

Foi então que, enquanto brincava de me equilibrar no caminho de concreto com uma perna só, desafiando a mim mesmo a não cair no gramado pelo máximo de tempo que conseguisse, sustentado pela força inesgotável dos meus nove anos, sem mais nem menos, um vagido agudo, um berreiro de pouca variação tonal atravessou a cantoria, o falatório, a harmonia caótica dos adultos, o vidro, as redes, o breu e minha impaciente distração como um apelo claro e imperioso atraía pelo que deveria repelir, uma música litúrgica que não permitia nenhuma dissonância.

Era Helena que chorava cansada de entrar a contragosto na madrugada, determinando que os adultos parassem de tocar seus instrumentos e de cantar e lhe dessem alguma atenção, e eu, agora com os dois pés no chão, ia me aproximando sorrateiramente, enfeitiçado, da área externa iluminada pela luz da sala. Escondido atrás de uma das redes lembro de ter visto os pais de Helena tentando conversar com a menina de três anos como se ela fosse adulta, e minha avó atordoada fazendo inúmeras perguntas.

Será que está com fome?

Você quer comer, lindinha?

Deve ser sono, não?

Minha mãe estava afundada no sofá como se não escutasse os berros e nem tivesse ouvido a cantoria precedente. Dividi minha atenção entre as duas até que se ouviu um rufo grave e ritmado que congelou aquela cena perturbada e fixou os olhares ainda cheios de lágrimas de Helena em uma única direção, e foi de lá que surgiu meu avô batendo com uma baqueta uma espécie de tambor em forma de raquete, colorido como um pirulito gigante, um tum-tum baixo que mimetizava as batidas de um coração, que hipnotizou a garotinha e a fez sorrir.

Determinado, abri a porta de vidro e, sem pensar muito sobre as regras de fronteiras etárias que estaria driblando, me dirigi ao meu avô e pedi para segurar o instrumento e tocá-lo no mesmo compasso que ele. Para minha surpresa, ele logo me deixou segurar o objeto estranho para as minhas mãos e voltou para o sofá, com feições de alívio, e então dei minhas primeiras batidas meio sem ritmo e sem a força devida, embora fosse impossível conter meu entusiasmo de estar finalmente dentro da casa e de, pela primeira vez, conseguir repetir os gestos do meu avô e descobrir que levava jeito para a delicadeza. Bastaram alguns instantes para eu me aprimorar, descobrir novas pulsações, em êxtase via Helena se encantando, tendo toda a sua atenção tomada pelas cores e pelo som, permitindo que a noite dos adultos durasse mais. Às vezes ela também me pedia para segurar a baqueta e provocar aquele som com seus bracinhos curtos e pouca força, e assim ficamos por quase uma hora, talvez mais, o tum-tum e as risadas de Helena, o seu "mais um" interminável.

Ao final da noite, ao descobrir que a raquete musical havia sido trazida pelos pais de Helena, foi tanta minha insistência para ficar com ela, tal o meu apego com o objeto que, com sua batida pura, seca e exata, se comunicava com os outros mais do que as próprias palavras, que eles me deram de presente. E hoje ainda consigo ouvi-lo através do meu armário, de sua caixa estrangeira toda rosa, onde se lê *Kids Lollipop Paddle Drum*, e escutar tudo integralmente, primeiro e segundo planos, como mandava meu avô, como se fosse a primeira e a última vez.

[2008]

Tinha dez ou onze anos quando senti, pela primeira vez, a vibração que foi o prenúncio dos cadernos e mais cadernos com desenhos transformados em linhas, parágrafos, um prenúncio do quarto virando minha rua, da minha rua sendo o bairro inteiro e da voz como um corpo que flutua para todas as cidades que existem e que não existem, imaginando motivações, contratempos, enganos, misérias, expectativas, delírios.

Naquele dia, eu voltava da aula de natação, toda terça e quinta um incômodo inexplicável quando precisava me despir, entrar numa água morna cheia de gente e ficar indo e voltando na piscina de acordo com os caprichos do professor. Cheguei a casa ainda sentindo um mal-estar causado pela roupa grudada na pele e o cheiro de cloro e, já no meu quarto, em vez de ir em direção aos brinquedos, me detive no imenso baú ao lado da minha cama.

A pergunta se eu caberia nele se tirasse tudo que havia dentro não durou muito, logo parti para ação e, como para me livrar daquela umidade grudada em meu corpo, fui tirando todas as revistinhas de videogames e passatempos, uma a uma, criando trincheiras ao redor de mim, até não restar nenhuma, exceto por uma, grudada no fundo feito o cloro na minha pele e, ao bater o olho na chamada da capa, a diversão do desenho animado, senti necessidade de trancar a porta do meu quarto para não ser interrompido de jeito nenhum. Na cama, abri a revista como se fosse um objeto que mais ninguém poderia ver, só eu, e descobri as projeções de lanterna mágica do século XVIII, o fenacistoscópio, o praxinoscópio, passando pela manivela inventada pelos americanos em 1907 e a consagração em 1930, chegando enfim à imagem de um gato Félix que ocupava um quarto de página, uma página em que se lia, no rodapé, uma flecha e um convite, faça também o seu, veja as instruções a seguir.

Comece desenhando a boca com um sorriso, de preferência um grande e largo sorriso que mostre todos os dentes ou nenhum deles.

Hesitei um pouco com aquela sugestão, mas parecia que a ordem vinha de dentro de mim e eu logo concebi, entregue aos caprichos da minha imaginação, um hipopótamo com orelha de gato e boca de sapo, uma cobra com pernas de galinha, um coelho com o cérebro exposto numa redoma de vidro e uma mistura de girafa com braquiossauro, numa história em que todos se uniram na floresta onde habitavam, ameaçada de destruição. As folhas com cada ser se enfileiravam numa sequência, depois em outra ordem, e a cada possibilidade descoberta eu dava gritinhos, elevando os braços para cima, comemorando tantas vidas evocadas.

Comece desenhando a cabeça, depois insira os olhos, o nariz e as orelhas, lembrando que a proporção entre esses elementos pode indicar sentidos mais ou menos aguçados, muita ou pouca esperteza.

Noite alta, do lado de fora bateram à porta do meu quarto, de maneira suave, ouvi as batidas secas pedindo para destrancar e abrir a porta, não respondi nada, apenas me recusei. Os papéis se sobrepunham às revistas e as ocultavam, se sobrepunham ao piso e o ocultavam. Talvez o ar estivesse ficando saturado com o cheiro de cloro que vinha do meu corpo, talvez tenham tocado a campainha lá fora porque o vizinho queria brincar, andar de bicicleta, mas eu não disse nada, respiração ofegante, acabei trancado por mais um mês mais ou menos, ou mais um ano, não sei bem, e então concebi uma menina da minha idade com um anel na sua mão que, se tirado, destruiria o planeta inteiro.

Comece desenhando o corpo, seus membros, primeiro os de baixo e depois os de cima, ou na ordem inversa, a depender do nível de equilíbrio desejado.

Depois de mais um tempo bateram de novo à porta, agora com mais força, e gritavam ensandecidos, mas continuei em silêncio embora se falasse excessivamente lá dentro. Minhas mãos se cortavam com papel sulfite e eu não podia abrir a maçaneta, deixá-la ensanguentada. Lá fora talvez chovesse, mas só se eu quisesse, lá dentro o baú talvez se abarrotasse de novo, mas só se eu quisesse. Desistiram e a porta continuou trancada pelo que senti foram mais uns meses, quando então concebi um garoto que perdia o movimento das pernas e dos braços sem nenhuma explicação, um garoto que nunca salvou nem a si mesmo e nem ninguém.

Comece desenhando um solo, uma casa, um mundo prestes a

Parecia que naquela hora a porta era esmurrada do lado de fora, com mais e mais força, um grande estrondo que me impedia certos caminhos. Apressei-me para guardar tudo, limpar todo o quarto, queria queimar o que fosse preciso e salvar somente o necessário à vista, à minha vista, mas, daquela vez, conseguiram entrar no quarto antes que eu pudesse terminar.

[2009]

Cheirava a incenso de cravo e canela a sala atapetada e elegante da senhora que me atendia toda segunda-feira, desde quando me julgaram tímido demais, quieto demais, solitário demais. Naquele ano, o estado de saúde do meu avô voltou a piorar, o que levou ao abismo o frágil equilíbrio emocional de minha mãe, de feições cada vez mais duras e comportamento mais violento, em contraposição a essa senhora que sempre me recebia com um sorriso largo no rosto, tão perceptível e inequívoco quanto o suor que brotava na região do buço apesar do ar-condicionado na sala e das roupas leves e do cabelo curto que adotava.

Ao seu sorriso eu retribuía com cautela, mas, uma vez fechada a porta, me esparramava pelo tapete retangular de veludo ou pelo sofá de couro preto onde meus braços e pernas às vezes ficavam grudados, e pensava então que era eu na verdade que me conglutinava de bom grado com mãos e pés aos objetos que compunham aquele quadro manso, sem sobressaltos, aos jogos que me punha a jogar, movendo-me por meio de cartas, por tabuleiros, regras precisas de um mundo seguro, vez ou outra perturbado por suas perguntas pervagantes, camufladas de delicadeza.

Quando era questionado sobre meu pai, me calava retumbante, me punha cabisbaixo ou fingia estar distraído com a luz invadindo a janela ou a réstia sob o mogno, mas então ela pedia que puséssemos a fantasia para funcionar, e então ela dizia ser minha avó e que eu deveria atuar como se fosse seu neto. Dizia, então, que a ela eu pediria um mingau de aveia para comer assistindo à Cachinhos Dourados, e que me ensinasse a fazer ponto-cruz ao seu lado para decorar uma de suas milhares de almofadas estampadas com gatos pretos de olhos arregalados. Pediria também uma caminhada só nossa pelo sítio para comermos na mesma hora todos os morangos que encontrássemos e colhêssemos, voltando de mãos abanando porém vermelhas de felicidade, pediria para tocar nas pétalas brancas das flores espalhadas na mesa de centro da sala assim que elas caíssem, e também que me reservasse, não sei bem para quê, durante as longas estadas na sua casa, um quartinho maior, talvez para dançar sozinho ciente de que ela ouviria meus passos nos tacos soltos de madeira. E se ela se alegrasse com minha presença aproveitaria para pedir que fizesse vista grossa quando eu subir no telhado da casa sempre que quisesse ficar a sós, e depois pediria o som de uma panela, dos seus sapatos quase inaudíveis, de sua fala pouco articulada, e também o cheiro de mofo que às vezes fica em suas roupas, que eu pudesse abrir uma janela, uma brecha, uma fenda, de manhã uma porção de pão de queijo da padaria ao lado e à noite uma ida ao cinema do shopping mais próximo para vermos o novo filme do Zorro ou do 007. Pediria que risse da minha voz engrossando e reclamasse do corte do meu cabelo, e que enfrentasse meu avô em seus acessos autoritários e repreendesse as instabilidades da minha mãe, pediria que me contasse sobre sua infância e sua adolescência, e de preferência que confirmasse que se arrepende de quase tudo, menos da flor, do morango e do ponto cruz.

E se ela então insistisse na pergunta sobre meu pai, me poria a falar do meu avô, diria que ele me ensina que o ritmo do mundo se verifica por toda parte, a começar pelo coração, que o dia começa com a leitura de um jornal e termina com a leitura de um livro, em silêncio, e que nas demais horas há sempre uma melodia que se impõe, que por isso é preciso às vezes impor a nossa. E que ele me ensina também que as palavras têm som, mesmo quando escritas ou lidas, em silêncio, e que o som, mesmo quando não acompanhado de palavras, precisa delas para se traduzir em sensações. E que é deitado que se tem as melhores ideias, mas é sentado que as descobrimos não tão boas. E sobre George Gerswhin, Samuel Barber e Aaron Copland, pois acredita que é de bemolização que eu vou gostar, e aproveita para me alertar sobre o sofrimento dos escravizados de lá e cá, e eu aprendo com ele a história da dor da humanidade, silenciosa, a que não sucumbimos se transformamos as nossas em palavras e sons, e, ao me ensinar sobre o festival de óperas de Puccini que ocorrem todo verão na Toscana, em Torre del Lago, me explica que os gênios também sofrem, visto que às vezes alguns pensamentos feitos de pedra nos perfuram o peito e portanto os pensamentos dos gênios lhes atravessam até a alma, e que provavelmente o compositor teria sido diagnosticado hoje com transtorno bipolar, e finalmente entendo que tudo o que ele me ensina é sobre minha mãe.

E se minha mãe estivesse aqui do lado, como aquela senhora me pedia para imaginar, ela certamente diria que, ao acordar de manhã, pareço ser o menino mais triste do mundo, e que eu nunca dei trabalho a ela na infância, exceto quando perguntava insistentemente sobre meu pai, se ele de fato existe ou foi uma invenção que me impuseram, como as melodias se impõem às vezes, e que venho enfrentando alguns problemas para dormir, e quando a acordo pedindo ajuda, ela, sonolenta, pinga na minha língua algumas gotas de seu ansiolítico. Ela contaria que se preocupa, sim, mas tem seus próprios momentos de angústia profunda, e por isso prefere entornar umas gotinhas na minha boca. Cochichando, diria que nunca namorou ninguém de verdade desde que eu nasci, que só se dedicou a mim, e nem tem uma vida social muito ativa para além de sua ex-colega de faculdade, Lígia, e seu marido, Laio, os pais de Helena, com quem nos encontramos regularmente na casa dos meus avós, todos ao redor do piano bebendo e cantando, onde todos vibram com a voz doce e afinada de Helena, a quem eu assisto com olhos tão arregalados quanto os dos gatos pretos estampados nas almofadas da minha avó.

Mas ela insistiria tantas vezes na figura paterna, na figura masculina, nesse outro que eu nunca pude conhecer, até que eu, enfim, cederia e revelaria que conseguia imaginar meu pai, sim, que conseguia visualizar aquele doador de sêmen, como dizia minha mãe antes mesmo de eu entender o que sêmen significava, tomando-me evidentemente como exemplo, olhos e sobrancelhas, nariz, boca, tudo, e também sentir sua assimetria e sua pulsação, sua temporalidade e temperatura. Mas diria que nenhuma voz me vinha à mente, já que nos meus sonhos ele não dizia nada e, quando cantarolava, a mudez persistia, embora mais seca e encorpada, nenhuma melodia se impunha e isso me paralisava. Quando ele silenciava por completo, escutava um ranger de dentes, som oco e rouco cuja origem me era desconhecida, e meu corpo ia sendo puxado para baixo, até que se curvava, chegando a tocar seus sapatos, marrons e sem cadarços nas minhas ficções mais íntimas e inapreensíveis, e tão logo ele me recolhia do chão, desaparecia sem deixar rastro.

Mas agora me lembro, aqui neste quarto estudantil, trazendo a sequência de anos à mente, que na verdade eu não disse nada à senhora, não disse nada disso esparramado na poltrona ou no tapete. Ali eram só grunhidos meus e um falatório imenso dela, procurando me ajudar.

[2010]

As axilas, as axilas masculinas de repente raptavam meu olhar, os pensamentos que eu nem sabia que tinha, e a vontade maior de vê-las de perto, analisá-las, cheirá-las, compreendê-las surgiu ali, naquela viagem inofensiva, de curta duração e sem maiores atrativos. Não importava se estava prostrado na cadeira de praia, os meus pés escondidos na areia, minha pele escondida do mormaço, meus olhos por trás de lentes escuras, como um ser inofensivo à sombra das copas que movimentava as pálpebras secretamente e com malícia, ou se estava caminhando ao lado da minha mãe de uma ponta à outra da orla, corpos em movimento expostos aos outros e à luz implacável do sol, naqueles raros momentos em que ela, sem saber, me encantava com a inesperada proximidade. Não importava se a visão encontrava foco na horizontal ou vertical, algo naquele pedaço de pele duplicado e duplamente em segredo me chamava mais a atenção do que as gaivotas sobrevoando a enseada, os reflexos das águas ondulantes, as embarcações em repouso.

As axilas, porém, não as completamente tomadas por pelos pretos e abundantes, florestas negras ocultas que, à mostra, eram como monstros da besta humana se fazendo presentes, inexoráveis, e sim aquelas ainda não inteiramente realizadas, aquelas em processo de desabrochar, pelos curtos, finos, tímidos sondando o terreno antes inabitado, que estão no começo de um caminho sem volta, como numa fuga, sob a sentença inevitável de um estar em suspenso.

Passei algumas horas de observação, enraizado na areia com suas conchas, pedrinhas, seus plânctons e anéis de lata, refrigerante ou cerveja, distraindo-me com os corpos que passavam e desejando decifrar o segredo daquela paisagem, desejando ler através das duas velhas enrugadas de maiô e chapéu de sol vindo ao meu encontro e na outra direção um casal formado por uma mulher bronzeada demais e um homem tão barrigudo que não entendi como se matinha de pé, as crianças que brincavam de fazer castelo de areia no chão, e também os dois moços mais jovens e musculosos jogando frescobol, com axilas já repletas de pelo. Com medo de que aquela bola me acertasse a cabeça, decidi molhar meus pés na água para me afastar deles e fui até o mar, entrei até a canela, depois me enfiei até o umbigo e então até o pescoço, até que finalmente mergulhei de olhos abertos e me deixei flutuar por alguns instantes.

Ao avistar minha mãe caminhando na areia, resolvi segui-la, ir na mesma direção que ela fosse, mas pela água, três quartos submersos, atento ao fluxo das ondas, a quem estava ao meu redor, ao cheiro de peixe assado que parecia competir com o cheiro da maresia. Ao me dar conta de que seria impossível caminhar na água àquela profundidade, dei braçadas longas e fortes, bati os pés na água, imprimi velocidade aos meus movimentos para alcançá-la. Mas ela sempre ia à frente, com agilidade, e eu ia ficando cada vez mais para trás e cansado, então quase sem perceber já tirava pouco a pouco o corpo da água na tentativa de superar a resistência, e andei e corri, quase tropecei num balde de areia, num pedaço de madeira, num cachorro pequeno que corria, até que finalmente a ultrapassei e, quando ela enfim me viu, menos surpresa do que eu esperava, estendeu a mão para mim.

Nessa hora, contudo, se assomou um corpo entre nós dois, entre os reflexos de figuras coloridas, os ruídos do verão e os banhistas, um pouco ofuscado pelos brilhos diagonais do sol que batiam diretamente no meu rosto, mas ainda assim com forte presença. Um corpo de um garoto moreno, cabelos revoltos, com mais ou menos a minha idade na época, e que, no entanto, era alguns centímetros mais alto e já tinha alguns músculos desenvolvidos, pernas esguias quase totalmente descobertas não fosse o calção verde-água. Ao tê-lo diante de mim parei por alguns instantes para assistir ao seu movimento de levantar os braços para pegar uma bola jogada pelo amigo mais perto da água e reparei, assim, que a cor dos seus braços não era igual à dos antebraços, do tronco ou das panturrilhas, estava mais próxima à palidez do rosto, de modo que os pequenos pelos fugitivos, como os de uma barba malfeita, se realçavam e brilhavam de tal maneira que eu senti um desejo incontrolável de continuar descobrindo por horas e horas as minúcias daquela masculinidade nascente que não havia se alojado em mim ainda, desejo esse logo frustrado pela bola que chegava às suas mãos e por minha mãe que me puxava pelo braço.

O garoto segurou a bola com força, gritando com alegria para o amigo, voz afável e grave, que ele era um mau jogador e não sabia controlar a força do arremesso, baixou os braços e correu com animação e leviandade para o mar. Sem sair do lugar, observei seus movimentos até perdê-lo de vista, até que, tomado por uma excitação tirana, o único movimento que me ocorreu foi o de me soltar da minha mãe abruptamente e, sem explicar nada, me afastar não só dela, mas de todos, atravessar com pressa o ar pesado e úmido e toda aquela gente despreocupada com minha aflição. Naquele momento eu poderia dizer que era o mais infeliz daquela praia, pois me comandava uma agonia de fuga e pouco me importava que meus pés descalços afundassem naquela faixa de areia mais próxima da rua cuja temperatura estava mais alta do que eu poderia suportar, com os ferimentos que as pedrinhas e o calor da calçada e da rua provocariam em seguida.

Entrei no nosso quarto no hotel e me tranquei dentro do banheiro, onde decidi tirar toda a roupa e observar minha constituição pouco vigorosa, esquadrinhando cada traço, pinta, pelo, mancha, dimensão. Minhas axilas ainda lisas no espelho me lembraram imediatamente do garoto e dos seus pelos quase imperceptíveis, porém indomáveis, lembrei-me do corpo se tornando, poro por poro, abertura pura ao desejo, da virilidade em sua forma mais concentrada, e com aquela visão quase sublime e primorosa tive uma ereção, talvez a primeira que eu pude entender. Com imensa vontade de tatear no escuro a excitação recém-descoberta e sem mais querer me ver no espelho, sentei-me no vaso completamente nu e, de olhos fechados, comecei a me tocar vagarosamente. Crepitava a imagem das axilas, o garoto e sua voz ressoante, gostaria de tocá-las, de lambê-las, sentir na língua a aspereza de ser homem, a mão no sexo a despetalar um trevo peculiar, começava a sentir que estava chegando perto de algum lugar ainda desconhecido, estava quase lá, só um pouco mais e chegaria a explosão do mundo, o rumor do mar nas pedras, o canto inaugural de um galo. Mas antes disso a porta do quarto se abriu.

O que você está fazendo aí?

Eu me vesti assustado, pensando que algo estava errado, como aliás sempre esteve. Algo estava fora do lugar ou além do lugar, e quando saí do banheiro, dominado pela tensão represada, me coloquei diante de uma lacuna, minha e de minha origem, e sem elaborar tanto a minha fala e a organização das palavras, todo o meu ânimo foi canalizado para questionar minha mãe com fúria e violência quem era afinal aquela miragem de amor e desamor que é sempre o outro, o terceiro. Uma incompletude, um senão, um corte, uma interrupção, uma disjunção, quem era aquele agora me voltava a conduzir sem nunca ter existido, eu perguntava àquela mulher de cabelos presos com uma canga amarela amarrada na cintura, pele bronzeada e cheiro de protetor solar e pés de areia, estátua diante do meu lamento insurgente.

Estou ficando por aqui.

Não diz mais nada, vai.

[2011]

Despertei com a sensação de não ter recuperado o corpo por inteiro, pousei a mão no peito como que para conferir se ele continuava com sua mecânica habitual. O coração batendo parecia perder às vezes o compasso, mas certamente era só a respiração sendo esquematizada naquele momento. Sentia que me faltava carne, superfície, meus ossos pareciam frágeis, e pensei que se continuasse lá por muito tempo alguém viria me recolher com uma pá e uma vassoura, ao mesmo tempo que tinha a impressão de que meu sangue corria mais afobado, com mais vida. Abri os olhos e vi minhas mãos atravessando as saliências da pele e encontrando os pelos crescendo por toda parte, alguns mais discretos, outros em demasia, as mãos a cada dia descobrindo uma nova geometria e geografia, as mãos sempre percorrendo o mesmo caminho e chegando aos pelos pubianos, cada vez maiores e que, naquele dia, estavam úmidos, melados, e com o mesmo cheiro das flores do pequi que brotavam na chácara do meu avô.

Lá fora um dia sombrio me aguardava, o dia em que vi o corpo do meu avô, após sete anos desde os primeiros sinais da doença, prostrado dentro de uma grande urna com revestimento interno de cetim, depois de passar longas temporadas no mesmo hospital de um branco gélido sufocante, deitado em um leito verde que se mexia com controle remoto. Ao sinal de uma leve melhora voltava para casa, e então de novo para o hospital, e para a casa, e para o hospital, num movimento pendular de esperança e desespero, a prolongação misteriosa de uma matéria besta, ora inchada de músculos e cheia de cor, ora enrugada e cinza, matéria às vezes mais alegre no começo, às vezes mais alegre no fim, às vezes nunca alegre. Esta matéria besta da vida que pode ir ao fim do mundo e voltar ou não voltar nunca, matéria ágil que vira matéria lenta, quase parando, unhas moles a quebradiças, até que desaparece de vez.

É o nosso vovozinho.

Quando cheguei só pude reparar nas mãos do grande maestro, do diretor artístico da Orquestra Sinfônica do Estado de São Paulo desde 1997, em suas mãos enfim aquietadas, cruzando-se por cima do peito, imóveis, mas que ainda assim regiam todos à sua volta, numa sinfonia de choros, rezas, lamentos. As mãos só não podiam controlar alguns cochichos desviantes sobre o clima, os planos para o final de ano e o placar da rodada, o Palmeiras não tem chance, Buenos Aires sai muito em conta, amanhã não chove, ou talvez essa desarmonia fosse proposital, um grau de dissonância tolerável e que produzia certo alívio dentro de um sistema tonal maior, mais amplo. Como talvez minha presença pudesse igualmente ser a um só tempo a instabilidade e o consolo, o garoto que provocava compaixão nos adultos porque havia perdido a única figura masculina que podia entrever, e por outro lado era o mesmo garoto que havia absorvido tanto, e de bom grado, que era como se estivessem diante de uma espécie de reencarnação ou de um herdeiro da personalidade disciplinada, devota aos saberes, como se uma coisa pudesse realmente contrabalançar a outra.

É o nosso vovô.

Minha mãe sofria muito, às vezes se ajoelhava ao lado do caixão e o abraçava de um jeito que parecia que não ia mais soltar, alguns colocavam a mão no seu ombro e diziam sinto muito, Diana, ao que ela respondia com um pranto ainda mais angustiado ou suspirava, o que parecia uma forma de perpetuar a angústia que morava dentro dela. Mas eu já não tinha tanta certeza se as lágrimas da minha avó eram verdadeiras, uma veia saltada na sua testa quase tão azul quanto as rosas pintadas em uma das coroas denunciava um esforço aparentemente descomunal para o luto, ao que podia surgir de lamúria por todos os anos acompanhada se sobrepunham todos os anos que estavam por vir, sozinha, liberta de um homem que amiúde perdia as estribeiras e a xingava, que se esmerava em encontrar algum defeito na sua comida, que desligava a televisão no horário da novela para que ele lesse o jornal de cabo a rabo sem qualquer interferência sonora, que a obrigava a escutar infinitas vezes o mesmo disco e sempre chamar sua atenção para detalhes que poderiam passar despercebidos a ela, que com ares de superioridade explicava o mundo e se irritava com seu desinteresse por determinados assuntos.

É o nosso.

O deslocamento até o jazigo foi tranquilo. Caminhar naquele imenso gramado verde sob o sol forte dava a impressão de um passeio qualquer num parque qualquer, sobretudo porque minha mãe enfim havia se desvencilhado do caixão e conversava com amigos antigos do meu avô e alguns até deram risada lembrando o passado deles todos. Em seguida, foi acompanhada pelos pais de Helena, Laio de um lado e Lígia do outro, ambos segurando sua mão, de modo que por alguns minutos esqueci que estava em um velório a caminho do sepultamento. A certa altura me dei conta de que até então não havia chorado nada e, como me localizasse em algum lugar entre minha mãe e minha avó, na hora em que meu avô foi descendo para debaixo do solo me senti obrigado a mostrar algumas lágrimas aos presentes. Não consegui de imediato, mas depois me imaginei como um personagem naquela cena toda e senti dó de mim, e quando jogaram a primeira pá de terra, o choro acabou saindo. Lembro-me de perceber a água escorrendo até os pelos mínimos e falhos do meu buço e recordar, enquanto eu chorava, dos meus outros pelos, já grandes e negros, que haviam ficado melecados ainda naquela manhã.

Heitor segundo Hélio

(2012)

Uma noite como outra qualquer. Não faz nem tanto calor nem tanto frio. A rua está silenciosa, exceto quando um caminhão de lixo vem anunciar o horário dos insones.

Eitor em seu quarto, de pijama, pensa na vida, pela qual tem apetite mediano. Pensamentos amenos, leves. A nota alta na prova de História, a melhor da classe. No intervalo, uma conversa duradoura com alguns colegas que o fez cogitar que tivesse, afinal, alguns amigos. Uma conversa com Elena na semana anterior, quando ela lhe revelou que se inscreveria num programa de talentos mirins.

Ouve o estalar da maçaneta de sua mãe. É aquele seu boa-noite. Depois de chorar um pouquinho sentado na beirada na cama, se deita de barriga para cima. Puxa um de seus livros de cabeceira, um daqueles que ainda nada ou pouco entende, mas que de forma prazerosa lhe dão intimidade com palavras ainda não pronunciadas por ele. Lê três linhas e se cansa.

Fecha o livro, coloca o despertador para tocar às seis da manhã e apaga as luzes. Acaricia por um tempo os próprios braços e as próprias mãos, como sua mãe fez certa vez quando ele era criança. Deitado de barriga para baixo, fica excitado, sem entender por quê.

Sensação de cansaço físico, mas cabeça ativa. Lembra-se do velório da avó um mês antes. Derrame, menos de um ano após a partida do avô. Nove meses, o tempo de uma gestação, Eitor pensa. A gestação de uma morte, pensa ainda. Será que ela só foi feliz nesses últimos nove meses, sem ele?, se questiona.

E então se lembra dos avós, no sítio, ela no sofá, ele ao piano. As mãos envelhecidas da avó nas suas mãos infantis. Eles jamais conheceriam suas mãos que não fossem pequenas, dedos curtos e mirrados. E então pensa na sua própria morte, na sua própria ausência.

Sufoco, palpitação, suor. Tudo isso vai acabar. Não conseguia mais ficar parado na cama, fingindo que procura o sono. Um dia nada disso existirá. Levanta-se de supetão e anda pelo quarto até aquela angústia terrível passar. Um, dois, três... Passou?

Voltar a se deitar seria como atrair de novo aqueles pensamentos, então decide sair dali, abrir com cuidado a porta do seu quarto, atravessar o corredor escuro e vazio. Chega ao quarto de Diana, tateando a maçaneta. Sussurrando, pede desculpas por acordá-la.

"Preciso dormir."

"Não tenho mais."

"Só algumas gotas..."

"Acabou. Vai dormir."

"Não consigo."

"Tomei tudo."

Sonolenta e irritada por ter sido acordada, Diana fecha os olhos e vira de costas para ele. Mas Eitor não desiste. Finge que sai do quarto, fecha a porta e depois fica parado como um fantasma esperando que ela pegue no sono. Vai até sua gaveta na mesa de cabeceira. Tenta abri-la sem que ela perceba. O frasco está ali, cheio.

Mas o sono de Diana é leve e logo ela acorda tomada pela raiva. Ela se senta na cama, estica o braço e segura o frasco com tanta força que Eitor pensa que ela ia quebrá-lo. Em vez disso, ela o joga na cama e bate em Eitor. No rosto. Um tapa de deixar vermelha sua palidez.

É a primeira vez que faz isso e imediatamente se assusta com o próprio gesto. Com expressões de arrependimento, não tarda para ela pedir desculpas com um abraço, sem dizer nada. Eitor não consegue dizer nada também. A pele da face com espasmos nervosos.

Consola-se ao sentir a textura de seu pijama velho, o mesmo desde que tinha dez anos. Diana chora por alguns minutos na beirada da cama, pedindo desculpas mais uma vez, culpando o estresse do cotidiano. Eitor não responde nada, fica cabisbaixo e entretido com o tecido do pijama. Enxugando as lágrimas, Diana toma quinze gotas do frasco, guarda na gaveta e volta a se deitar, segurando a mão de Eitor.

Ele permanece ali, parado, refletindo se deveria abrir novamente a gaveta. Por fim, desiste. Com o estômago embrulhado, recua, solta a mão de sua mãe e retorna ao corredor. Seu coração afunda até os pés, metidos nos chinelos infantis.

Vai ao banheiro e se olha no espelho. Precisa fazer o bigode, pensa, tirar os poucos fios que insistem em cobrir seu buço.

Boceja e vê bem fundo sua garganta. Algo tinha mudado. Não sabe exatamente o que é, mas sente medo de ser acometido por alguma doença desconhecida. Pensa no fim do mundo, no calendário maia e deseja que seja verdade.

De volta ao quarto, Eitor não dorme. Abre seus armários e se dá conta de que todas aquelas roupas têm mais de cinco anos. Sente o próprio cheiro. Em seguida, abre o outro armário, com materiais escolares. Na última folha do caderno de biologia se lê: "Quer dizer que você se apaixonou por alguém e resolveu não voltar mais?"

Arranca a folha e escreve:

"Às vezes te imagino despejando seu esperma dentro de um vidro numa clínica de doação. Ou então roubando a vaga da minha mãe no estacionamento do shopping, ela saindo do carro soltando os cachorros e te dando um tapa na cara bem dado. Aí imagino vocês transando no banco de trás do seu carro. Quando acabou, você cedeu a vaga? E depois se arrependeu da vida que teve e resolveu tirá-la de si e de mim? É no que prefiro acreditar. Penso no seu rosto e, em vez de raiva, sinto alívio. Hoje não pude te culpar pelo tabefe que levei. Mas imaginei sua voz dizendo: hora de dormir. Eu ia para a cama e dormia e sonhava com uma praia em cuja areia eu virava croquete de tanto rolar. E eu só parava de rodar quando você alertava: hora de acordar. E tudo voltava a ser o que era."

Ao terminar, relê várias vezes o bilhete. Até que seu despertador toca e sua mãe bate à porta dizendo: hora de acordar. Então joga a folha no lixo e tudo volta a ser o que era.

(2013)

Eitor vê Elena pela primeira vez na televisão. Programa de jovens talentos, num desses canais abertos. O dia corre moroso e só a imagem da tevê com cores berrantes encontra espaço.

Elena, pequena, prodígio, tem nove anos aqui. Eitor tem quinze. Está sozinho. É sábado à tarde e Diana saiu cedo sem dizer aonde ia, mas supõe que ela esteja na aula de ioga. Quando está sozinho, sente-se triste, mas tem um pouco de sossego.

Percebe que perdeu os primeiros minutos do programa, a abertura, os depoimentos sentimentais e decorados de Elena e de Lígia.

Quando Eitor liga a televisão, o que aparece já é o palco, ao vivo: "O papai? Está na plateia." Da plateia, Laio deve estar observando tudo através de sua câmera fotográfica.

A câmera da televisão foca por alguns instantes no rosto de Lígia em meio a outras pessoas que assistem às apresentações ao vivo e torcem por seus candidatos.

A apresentadora sai do palco, Elena se apronta, os jurados a olham atentos. A apresentação começa como uma explosão. Fumaça e jogo de luzes.

Eitor quase não a reconhece nos primeiros segundos da apresentação: "*There's a fire starting in my heart*". Mas sabe que é Elena a menina que desliza no palco. Porque está descalça, como de costume.

Durante a apresentação, percebe que Elena tem o rosto pintado, sorri como nunca a viu sorrindo e quando anda no palco às vezes balança seu vestido vermelho. Eitor não lembra de tê-lo visto no seu guarda-roupa.

Percebe também: tudo ensaiado, seu timbre está menos grave e vez ou outra sua voz sai do tom. Mas fôlego, técnica e ritmo impressionantes não condizem com sua pouca idade. E a plateia gosta de presenciar isso. A plateia gosta de se impressionar e ela alcança notas complicadas para empolgar o público.

Sem motivo aparente, Eitor sente raiva daquela Elena que se exibe aos aplausos de centenas de pessoas. Ou talvez milhares, milhões. Lembra-se dela repetindo só para ele várias vezes no ensaio a sua favorita ao piano: "*Sunday is gloomy/ My hours are slumberless*".

Termina com duas notas altas-longas e as luzes se apagam, restando apenas um fiapo ao fundo do palco. Depois tudo se acende e colocam a mesma música que ela cantou, a original, de fundo. Veem-se os jurados a aplaudindo de pé. Algumas pessoas da plateia também se levantam.

A câmera foca por alguns instantes nos rostos de Laio e Lígia. Ela chora e dá pulinhos, ele bate palmas com tanta força que parece estar matando um inseto com as mãos. A câmera fotográfica pendurada no pescoço.

Eitor imagina que por todo o país levantavam também algumas pessoas que a assistiam pela televisão. Nas suas salas se empolgam e gritam “bravo, bravo!”. Alguns, os mais sensíveis ou mais reservados ou mais apaixonados, devem estar chorando.

Sente frio na barriga enquanto aguarda o parecer dos técnicos sobre a apresentação de Elena. Parte dele daria a vida por todos os sins. Parte dele quer seu fracasso. Então todos os jurados dizem sim, chamando-a de uma promessa para a música nacional.

“Precisamos ver a certidão de nascimento para acreditar na sua idade”, brincam. “Uma diva mirim”, chegam a dizer. Eitor afunda no sofá.

Em seguida, a imagem de Elena, ao lado de Laio e Lígia, vestidos como se estivessem numa festa de gala, terminando de agradecer, se impõe aos seus olhos violentamente:

“O papai sugeriu essa música, a mamãe me ensinou.”

Mais aplausos, a câmera faz uma panorâmica por todo o estúdio. Pausa para o intervalo.

(2014)

Atravessam a multidão, brilhantes de purpurina. O sol do meio-dia impiedoso com os cinco e suas máscaras de segunda mão e as penas coladas ao longo dos braços ou pescoços.

Eitor de uirapuru, Elena de tico-tico, Diana de joão-de--barro, com uma coroa mimetizando o ninho preso à cabeça. As penas coladas nos braços. Laio e Lígia iam de pavão e pintarroxo, respectivamente, mas de última hora escolhem ir fantasiados de indígenas para celebrar ainda mais vivamente a alma do país. As penas coladas nos cocares.

Eitor não sabe muito bem como agir no meio dos vários estímulos visuais e auditivos: tanto riso, tanta alegria, seu suor se misturando com o suor dos outros. Segura na mão de Elena, que segura na mão de Lígia, que segura na mão de Laio, que segura na mão de Diana.

Na descida da rua Augusta, ouvem músicas competindo entre si, ambulantes anunciando bebidas por um preço melhor do que os estabelecimentos fechados, uma barafunda.

Quando as mãos se soltam sem querer por conta de um esbarrão ou do estreito espaço para passar, Eitor teme ficar para trás: não por ficar sozinho, não por se perder do bando, mas por deixar de estar perto caso algum fã abordasse Elena ou a mão de Laio continuasse segurando a de Diana por muito tempo.

Por sorte, naquele trajeto, apenas dois fãs reconheceram Elena fantasiada, um na esquina da Peixoto Gomide e outro na Praça Roosevelt.

Laio bebe uma lata de cerveja a cada dois quarteirões. Quando a cerveja fica muito quente por conta do sol impiedoso, Laio atira a lata no chão. Lígia o repreende nas primeiras vezes, mas depois concorda com ele que é melhor que "algum morador de rua pegue para vender". Às vezes, ele deixa Eitor, dezessete anos, beber o resto do líquido quente.

Uma pausa para o banheiro químico: as pessoas que esperam nas filas se misturam com as multidões alegres que preferem seguir com os restos de carnaval. Diana, mãe intermitente, decide ir embora depois de empenhar os melhores esforços para não encostar no vaso de plástico cinza, colônia de coliformes fecais.

Eitor não aguenta esperar: mija num canto escondido, atrás de uma banca de jornal, empenhando os melhores esforços para nenhum pedestre desavisado, especialmente um jovem bonito, ver seu pau e pentelhos à luz do dia.

Ao voltar ao ponto de encontro combinado, Eitor não encontrou mais ninguém. Fica parado no meio da rua, enquanto vestígios dispersos como latinhas de cerveja jogadas, cheiro de banheiro químico, sons ecoando nos prédios do centro da cidade, outros retardatários, chegam aos seus sentidos levemente embriagados.

Enquanto isso, Lígia para na frente do carro elétrico e pede aos organizadores do bloco que deixem a família subir. Sua filha é uma grande cantora mirim, uma estrela da televisão.

Eitor então ouve ao longe a voz de Elena entoando marchinhas, animando o cortejo todo: "ô, abre alas, jardineira, me dá um dinheiro, sassaricando, cidade maravilhosa, chegou a turma do funil".

Eitor consegue chegar mais perto do bloco, olha para cima e vê: não uma família, mas apenas Elena no topo do trio elétrico, acenando para os bêbados que não sabiam mais distinguir uma música da outra, e Lígia logo atrás, tirando fotos com o celular, que posta com a legenda: "Foliões pedindo bis para a minha filha. Voa, Elena!". Nesse momento, nem sinal de Laio.

Enquanto canta, ela sorri para as câmeras dos repórteres que cobrem o evento para as matérias do dia seguinte. Um pouco mais perto, esmagado pela aglomeração, ele pensa que seus olhos se cruzam com os dela por um segundo, mas ela logo os desvia para dar atenção ao seu público.

Quando desce do trio elétrico, alguns foliões bêbados pedem uma foto com Elena, mas Lígia pede para deixarem a filha respirar um pouco. Ela parece, na verdade, preocupada em encontrar o marido desaparecido.

Percebendo que não conseguiria cortar a multidão para alcançá-los, Eitor passa a caminhar no contrafluxo. Segura o ar nos pulmões, encurva-se e a cada passo em direção à terra arrasada, entoa baixinho, só para ele escutar e mais ninguém, as mesmas músicas que Elena tinha cantado em cima do trio.

Sua fantasia se desfaz no caminho até o ponto de táxi, suas penas caem ao longo da calçada vazia de gente mas cheia de garrafas e latas, restos de carnaval. A maquiagem no rosto borrada, as pernas bamboleando quando chega ao carro. O taxista pergunta se ele se divertiu e ele demora tanto para responder que os dois fingem que nenhuma tentativa de diálogo existiu.

Já em casa, tenta remover o glitter feito tatuagem apesar do banho longo. No corredor, vê de longe o quarto de Diana com a porta aberta. Uma das pernas, do joelho para baixo, aparece mexendo-se freneticamente. Gemidos recorrentes indicam que ela deve estar acompanhada.

No dia seguinte, sai uma nota do jornal: "Tico-tico anima o carnaval paulistano".

(2015)

Tarde demais, pensa Eitor enquanto dá pela primeira vez um beijo na boca de alguém. Gosto de álcool e menta, a garota parece estar tão bêbada quanto ele.

Ele experimentava dançar cercado de anônimos, longe dos seus amigos, quando ela surgiu de olhos semicerrados e boca semiaberta. Eitor pensou que ela fosse tirar uma com sua cara. Não bastou meio minuto de contato visual para que ela pegasse sua echarpe e o puxasse pelo pescoço até que os lábios se tocassem.

Todos os rostos, dos que chegam, dos que já estão, somem na escuridão do ambiente, apenas iluminado por luzes intermitentes e coloridas. É sexta à noite, logo após uma aula sobre Foucault ("O que são as Luzes?") e Todorov (*O espírito das Luzes*).

O beijo segue por quase um minuto, Eitor conta mentalmente.

Para compensar a tremedeira das mãos, procura racionalizar ao máximo os movimentos do pescoço para cima. Tenta não colocar muito a língua dentro da boca da garota, tenta não girar demais, tenta não deixar amolecida de menos, tenta trocar de posição a cada dez segundos. Rosto inclinado para a esquerda, rosto inclinado para a direita, rosto inclinado para a esquerda. Fica tonto. Em algumas dessas trocas, a garota parece segurar o riso. Ele segura a respiração. Talvez ela esteja tirando uma com a cara dele mesmo.

Antes tarde do que nunca, ele pensa para se consolar. Se eu ficar duro agora posso perder a virgindade hoje também? Coloca a mão tremendo na cintura dela. Mas, em vez de excitação, o que toma o corpo dele é um enorme enjoo e seu rosto se contorce involuntariamente.

"Você é daqui?", ele pergunta para tirar sua boca de perto da boca da garota, com medo de vomitar.

"Não, sou do interior", ela responde, sem intenção de prolongar qualquer conversa.

Ele sente que vai colocar tudo (uma dose de vodca com Tang, dois shots de tequila e três ou quatro latinhas de cerveja) para fora. Ela tira algo do bolso e coloca debaixo da língua e fecha os olhos para sentir a música: "*Born this way*".

O enjoo vai ficando cada vez mais insuportável, e ele não quer passar vergonha na sua primeira festa de faculdade. Encontra um espaço no meio da aglomeração para fugir dali e fala que vai encontrar o amigo.

Ela não escuta, ninguém o vê. São quatro e quinze da manhã.

Então ele se comprime entre toda aquela gente e vai o mais rápido que pode em direção à parte posterior do prédio das Ciências Sociais.

Finalmente encontra um lugar quase sem iluminação, onde, a vinte metros, há um grupo fumando maconha e, a dez metros, um garoto mijando na árvore. Tenta vomitar: nada, parece uma tosse. Força de novo, com o dedo na garganta: nada.

Imagina toda a quantidade de urina acumulada sob seus pés e vomita: quase nada, apenas uma pasta amarelada.

Ainda zonzo, fica com a cabeça baixa por mais um tempo. Trinta segundos, ele conta.

Quando levanta, vê Mateus, amigo da faculdade, indo em direção às árvores atrás do prédio com uma garota e um garoto.

Eitor se pergunta se Mateus já está cheirado, como de costume em festas ou qualquer ocasião social que exige mais movimento. Os três riem, se beijam: primeiro os três juntos, depois o garoto e a garota, depois o Mateus e a garota, depois o Mateus e o garoto.

O garoto levanta a blusa da garota e passa a língua pelos seios dela. A garota abre a braguilha do Mateus, tira o pau dele para fora e começa a chupá-lo. Depois o outro garoto ajoelha e passa a chupá-lo também. A garota dá risada, morde a orelha do garoto, deixa os dois ali e volta para a festa correndo e cantando.

O rosto de Mateus se contorce enquanto o outro garoto continua chupando.

Eitor fica acanhado de presenciar aquilo, mas quer continuar assistindo. Fica excitado, e não sabe exatamente por quem ou pelo quê. Quer ficar olhando aquela cena, para sempre.

Se pudesse, se aproximaria dos dois para, de olhos fechados, ouvir o som da sucção, a saliva do garoto em contato com a pele de Mateus. Mas Eitor sente uma distância intransponível entre si e Mateus.

Mateus então afasta o garoto com alguma brutalidade e fecha a braguilha com a rapidez de quem foi flagrado e olha bem na direção de Eitor, que então se esconde atrás de uma árvore para não ser visto. Conta até dez devagar e volta a espiar.

Ninguém. Mas repara que o grupo de maconheiros está muito próximo de onde Mateus gozou e agora alguns deles também estão se beijando alternadamente.

Volta para mais perto da pista de dança: "*Oops, I did it again*". Olha para um lado, olha para o outro. Esbarra numas duas pessoas sem querer, mas está sem forças até para pedir desculpas. Encontra Dóris, outra amiga de faculdade, fumando, sozinha.

"Merda de festa, né?", diz ela soltando fumaça pelo nariz.

"Gostei da música. Dessas antigas agora."

"Aquele filho da puta começou a pegar outra na minha frente, você acredita?", e ela joga a bituca de cigarro no chão. "Eles se dizem antirracistas, leem Angela Davis e o caralho, mas acabam com uma branca, é sempre assim".

Eitor pensa em perguntar quem é o filho da puta, pensa em contar que beijou por bastante tempo uma garota, pensa até em inventar uma história de que ela beijava tão mal que ele não quis mais, embora ela tenha insistido para ele falar como achar seu perfil no Facebook.

"E aí, meus amigos, todos vivos?", Mateus surge e coloca um braço no ombro de Eitor e outro no ombro de Dóris.

"Preferia não estar, para falar a verdade", Dóris responde.

"Para com isso", diz Mateus dando uma risada suave e deixando de envolver os dois. "E você, seu safado? Pensa que eu não vi?", ele dá um soquinho de leve no peito de Eitor.

Eitor congela, sente-se enjoado de novo. Ele o teria visto ali, observando-o?

"Bem gatinha a mina que você pegou!", Mateus completa, sorrindo. Eitor sorri de volta. Pensa em contar toda aquela história inventada, mas um forte enjoo volta a incomodar e ele decide ficar de boca fechada.

(2016)

Quando Elena completa onze anos, fica pronta a casa de praia no litoral projetada por Laio, que convida a todos para o Ano-Novo.

Quarto um: Laio e Lígia, cama de casal, ar-condicionado, suíte. Quarto dois: Eitor e Elena, duas camas de solteiro, ventilador, suíte. Quarto três: Diana, cama de casal, ar-condicionado, suíte. Quarto quatro: depósito de tralhas. Algumas fotos reveladas, que Laio esquece lá, estragam com a umidade.

A casa acorda tarde, por volta das 14h. Exceto por Diana, que só havia molhado os lábios de prosecco quando deu meia-noite. Levanta cedo e vai correr na orla, como tem feito todos os dias.

Laio acorda soltando um grande e feliz bocejo, que ecoa pela casa. Lígia, de ressaca, corre ao banheiro para dar um trato na cara antes de se apresentar aos outros.

Ao abrir os olhos, Eitor vê Elena na cama mexendo no celular. "Estou com fome", ela diz, "vamos tomar sorvete?". Eitor continua deitado de bruços para esconder a ereção típica do despertar e pede para ela ir na frente.

Durante o café, Laio, enquanto chupa uma laranja, convida Eitor para caminhar junto com ele até o fim da praia e tirar algumas fotos. Elena pergunta à Lígia se pode ir junto, que depois de entornar a terceira xícara de café manda que ela combine com o pai. Laio, que ouve tudo porque estão todos à mesma mesa, consente.

Quando termina de chupar a laranja, levanta-se, corre para dentro da casa e se fecha no banheiro. Depois de quinze minutos, volta com sua a câmera, que guarda junto de outras tralhas no quarto de número quatro.

Os três saem. O sol bate forte, os chinelos protegem os pés de queimarem na areia ou esbarrarem nos restos de lixo espalhados por toda a extensão daquela praia do litoral norte de São Paulo.

Eitor e Laio vão na frente, pouca conversa: "está gostando, sim, gostou de ontem, sim, aproveitou, sim, Elena está te amolando muito, não, primeira virada em que pode encher a cara legalmente hein, ha-ha-ha, esse lixo todo é daquela gente que nem tem casa aqui e invade a praia nessa época do ano, ha-ha".

Elena os segue carregando um pedaço de madeira, riscando a areia desde o começo da praia. Cantarola a última do Sam Smith.

Chegam à ponta da praia, areia incerta. Corpos já untados de suor.

Laio começa a fazer alguns testes com a câmera e pede que Eitor se aproxime mais das pedras. "Vamos, está parecendo uma muçulmana assim com tanta roupa", Laio debocha e solta uma gargalhada espalhafatosa. Eitor está suando por todos os poros, mas não se atreve a tirar a camiseta. Laio explica que quer testar o modo preto e branco da câmera nova, e alguém tão pálido como ele seria o modelo ideal, diz isso e dá outra gargalhada. Elena se une aos apelos do pai.

Eitor não consegue deixar de reparar na sunga azul-marinho de Laio e na protuberância. Imaginando por um segundo o formato e espessura do seu pau, sente repulsa e curiosidade.

Constrangido, tira a camiseta e vai posar nas pedras. "Mas estou sem sunga por baixo do short", justificando as pernas semicobertas. Diana, que passa por lá no seu percurso de corrida, para e os observa, depois se junta a eles. Está animada e encoraja Eitor a fazer uma cara melhorzinha para a câmera. Ele tenta sorrir, mas sente que o sol devora sua pele e seus olhos.

"Que careta", Diana diz. Eitor decide ficar de costas.

Depois de alguns clicks, Laio pede então que ele e Elena entrem no mar e voltem, para que ele registre o movimento dos dois saindo da água. Andam cerca de três metros em direção ao horizonte e depois voltam.

"Quanto osso! Se passar um cachorro, te morde. Você não tem alimentado seu filho direito?", Laio pergunta à Diana, ainda fazendo clicks, e solta mais uma gargalhada.

Elena sai pulando as ondinhas, enquanto Eitor se demora no caminhar e vai cabisbaixo em direção à câmera.

Depois que Eitor e Elena se secam, Diana resolve entrar no mar.

Por volta das 16h, Eitor entra com tanta pressa no banheiro que se esquece de trancar a porta. Ao se despir, as peças de roupa provocam atrito das micropartículas grudadas com sua pele.

Debaixo do chuveiro, repara na areia escorrendo para o ralo. E nas unhas mal cortadas dos seus pés, e nas pernas da grossura de um braço, e nos pentelhos sem nenhum aparo, e nas costelas à mostra. Muito osso, muito osso.

A porta subitamente se abre. Eitor desliga o chuveiro e se cobre com a toalha. Quando se vira, Elena está lá parada, com a câmera do pai pendurada no pescoço.

"Elena, fecha a porta!"

"Com vergonha de mim?" Aquela pergunta soa mal em seus ouvidos. "Estava te procurando para te fotografar", ela diz, e aponta a câmera para ele e: click. Eitor não consegue reconhecê-la.

"Sai daqui!" Ela finge que não ouve e dá risada.

Respira fundo, e volta a pedir que ela se retire, mas ela o ignora, tampa os ouvidos e começa a cantar. Então, sem saber ao certo de onde vem tanta raiva, ele a agarra pelo braço e ameaça chamar Laio e Lígia.

"Por que você fica se escondendo?"

"O que deu em você? O que você quer?", Eitor eleva o tom de voz.

"Você está muito estranho", diz Elena, observando-o de cima a baixo. "Eu saio se você me responder uma coisa."

"O quê?", Eitor pergunta, soltando seu braço.

"Você ainda é virgem?", Elena pergunta, séria, depois de algum silêncio e sem desviar o olhar.

"Por que você quer saber isso?", Eitor se exalta. Você lá sabe o que isso significa?" Cruza os braços para tampar o peitoral.

Elena olha para o chão e para os lados, sem responder. De repente, puxa sua toalha, deixando Eitor completamente despido e sem reação. Mira a câmera para baixo e finge que vai tirar uma foto. Eitor puxa a câmera de seu pescoço, rompendo a alça.

"Você tem dezoito anos e ainda não enfiou esse pau em ninguém?", ela pergunta, numa gargalhada que lembra o pai, e sai batendo a porta.

"Você é uma criança, porra!", Eitor grita de um jeito contido e se apressa para virar a chave da porta, como se fosse fazer alguma diferença depois de tudo. Eitor olha para a câmera que ficou em sua mão.

Já são quase 18h, o sol se põe e há menos gente na praia. Eitor caminha com rapidez. Mesmo de banho tomado, não se importa em ter areia grudando de novo na sua pele, entrando por entre as unhas mal cortadas dos seus pés.

Enquanto anda, não repara em quase nada ao seu redor. As placas vermelhas espalhadas por toda a praia. Eitor começa a andar ainda mais rápido. Quer sumir, continuar caminhando e nunca mais voltar. Um abismo o separa de Elena, desde cedo precoce em tudo.

Entra aos poucos no mar. A água está fria, mas não se importa: deseja sentir sua pele aflita. E se continuar nadando em direção ao fundo? A água no umbigo, a água no pescoço, deixa de sentir o chão. A praia se esvazia, o dia vai escurecendo.

Levanta a cabeça e avista Elena caminhando, ao longe, catando conchas. Tenta voltar, mas agora todos seus movimentos são em vão. Ele dá braçadas e não sai do lugar. Ainda não sente o chão e parece estar cada vez mais longe. Fica mais um tempo no balanço das águas, onde qualquer força é inútil.

Desesperado, entra em pânico, bate os braços e as pernas na água com força. Uma correnteza diagonal, inevitável, imprevisível, o leva. Engole água, prende a respiração, quase se afoga.

Decide boiar. Alivia-se um pouco ao sentir as ondas fazendo o trabalho que ele não teve condição de concluir. A cada movimento chega mais perto, mas sabe que não pode se precipitar. Fica parado, esperando que o próprio mar o devolva.

Enfim, uma onda forte resolve salvá-lo e o leva até alguns metros em direção à areia. Consegue ficar em pé. Ele sai do mar como se nada tivesse acontecido. Sente um vento frio arrepiar a pele e começa a tremer.

Apesar de tentar desviar da trajetória de Elena, ela o avista e acena, como se nada tivesse acontecido no banheiro.

"A água está boa?", Elena pergunta, séria. Nunca enfiou isso em ninguém? Nunca enfiou isso em ninguém. A vergonha, a inveja, o ciúme: com um rebuliço no peito, Eitor apenas assente com a cabeça e ela entra no mar.

Eitor tem um metro e setenta e sete e Elena tem um metro e cinquenta e seis. O mar fica, subitamente, silencioso.

Já é noite, por volta das 20h. Elena está deitada no sofá da sala, pálida, olhando para o teto. O mar a trouxe de volta. Laio, Lígia e Diana estão em volta, expressão de preocupação.

"Bem, graças a Deus não aconteceu o pior. O salva-vidas que apareceu foi um herói", Diana comenta. "Como ele chama mesmo?"

"Fala alguma coisa, minha filha!" Lígia se desespera. "Mamãe só quer saber se você está bem."

"Papai também", Laio complementa, segurando a mão da filha. "Está sentindo falta de ar?"

Elena nega com a cabeça, mas continua com o resto do corpo imóvel, como se ainda estivesse em estado de choque.

"Vou colocar uma música para te animar", diz Eitor. No celular, escolhe a última do Sam Smith.

Todos ouvem a canção em silêncio, com a atenção voltada para Elena. Incapaz de falar e sentindo-se pressionada a reagir, Elena tenta cantar a melodia.

Mas não sai voz nenhuma de suas cordas vocais, apenas um ar seco, um chiado agudo. Todos ficam abismados. Lígia começa a chorar.

Ela tenta de novo, desta vez fazendo mais esforço para produzir algum som: um zumbido agudo e rouco, como um assobio de boca murcha. Todos ficam em silêncio: Laio esconde o rosto com as mãos, Lígia continua chorando, Diana rói as unhas, Eitor desliga a música.

Os olhos de Elena também se enchem de lágrimas. Então ela se levanta num impulso, abre os braços, mantém a coluna ereta, enche os pulmões, empurra o ar pela garganta e busca soltar uma nota longa e aguda. Um apito lhes fere os ouvidos.

A Elena que o mar trouxe de volta não é mais a mesma.

Diana, engolindo as unhas roídas, e Lígia, enxugando os olhos, pedem para ela descansar um pouco, que tudo vai passar. Laio suspira e se joga numa rede na área externa da casa.

Eitor, ainda distante, é tomado por um sentimento confuso de satisfação ao ver a pequena grande prodígio penando para exibir seu talento. Se Elena tivesse morrido, Eitor jamais se perdoaria. Mas sobreviveu.

Chega mais perto dela e pergunta:

"Será que tomar um sorvete ajuda?"

(2017)

Eitor e Dóris ganham uma bolsa da faculdade para estudar fora. Ela na Paris III, ele na Paris VII.

"Tanto lugar para ir e acabamos aqui! O destino de todo burguês é ser seu próprio estereótipo", Dóris brinca quando chegam à cidade.

Ela se instala num apartamento alugado, que conseguiria bancar com a renda extra do trabalho como *au pair*. Eitor consegue um apartamento na residência estudantil da Vaugirard. Chão cinza desbotado, o corredor servindo de cozinha. Ao menos o banheiro é espaçoso. Da janela dá para ver uma pontinha da Torre Eiffel. É inverno e a porta de vidro permanece sempre fechada.

Na primeira noite na França, enquanto Dóris já tem planos para uma festa divulgada no Instagram de alunos intercambistas da Paris III, Eitor abre o seu notebook para pesquisar as disciplinas que poderia estudar e o computador resolve dar pane. Tenta ligar várias vezes, mas a tela continua toda preta. Ou então liga, desliga, liga. Nada. Vai dormir frustrado e apreensivo com os vírus que poderia ter baixado em sites não muito confiáveis que andou visitando.

Uma semana depois, Eitor está na fila da secretaria de Ciências Sociais, último andar do Grands Moulins, para fazer sua matrícula. Há outros estudantes intercambistas. Percebe que eles começam a interagir uns com os outros, perguntando às vezes em inglês, às vezes em francês "de onde você é?", "quanto tempo vai passar aqui?", "está morando em qual residência?".

Eitor não quer perguntar nada para ninguém, mas vai respondendo mentalmente cada uma delas para caso alguém viesse puxar assunto com ele. Ninguém vem.

Por fim, consegue se matricular nas disciplinas "Antropologia social", "Sociologia cognitiva", "Gênero e políticas sociais", "Introdução à sociologia clínica", além de uma optativa de outro departamento, "Aprofundamento em psicopatologia e psicanálise".

Depois, com o papel de inscrição na mão e uma mochila nas costas, vai em direção à loja de conserto de eletrônicos, do lado da universidade. A mulher de cinquenta, sessenta anos, cabelos grisalhos presos num coque estranho, o atende.

"Aqui está", volta a senhora segurando o seu notebook na mão, aos pigarros de fumante. "Você salvou seus arquivos num HD externo, certo? Tivemos que reconfigurar tudo."

Eitor assente com a cabeça, mas está mentindo. Será que tinha entendido errado? Não, não. Daquela vez ele escuta muito bem.

Contos inacabados, poemas ruins, a novela que começou a escrever após a morte da sua avó, fotos dos últimos cinco anos, arquivos com resumos e trabalhos da faculdade, algumas músicas baixadas ilegalmente e que ele esqueceu de apagar, vídeos pornográficos. Ele havia perdido tudo. Nada substancial, mas tudo o que tinha.

Quem em pleno 2017 não faz backup?

Apartamento de Dóris, quinze minutos depois. Ela frita um bife e bebe algum vinho barato (3 euros, no mercadinho da frente) quando ele toca a campainha. Gil cantando "Eu quase não saio, eu quase não tenho amigos".

Olhando para sua expressão de tristeza, ela logo percebe que há algo errado com o amigo.

"Que cara é essa?", Dóris pergunta, ao abrir a porta. As janelas estão todas abertas, deixando entrar um ar gélido e seco.

Ela o convida para jantar e ele aceita. Bife e vagens. Já que não pode esconder o desconsolo, finge que está com raiva de um garoto francês que não quis beijá-lo no primeiro encontro.

"Mas já uma decepção amorosa?", Dóris ri. "Não deu nem uma semana!"

Eitor então conta à amiga as matérias em que tinha se inscrito. Ela pergunta por que uma matéria de psicologia, ele dá de ombros. Moraes Moreira cantando "Por onde andei você me dava vida".

Logo o dia acaba e Eitor diz que precisa ir. Dóris pergunta se ele não queria sair com ela e uns amigos no fim de semana. Eitor se surpreende com o fato de ela já ter feito amigos. Diz que vai pensar e vai embora.

Segue caminhando pela rua. Um frio danado. Pensa no dinheiro que tinha gastado com o conserto do computador e se não deveria baixar logo o aplicativo de encontros, filtrando apenas os garotos.

Quando toma banho, fica com medo de o ralo entupir com os pelos do seu corpo recém-raspados e de alagar tudo. Ainda com a toalha enrolada na cintura, liga seu computador e, ao se ver diante do vazio na tela do Windows, sente uma pontada no seu estômago.

Decidido a recomeçar, abre um documento em branco no Word. Queria escrever alguma coisa. Qualquer coisa. Preencher espaços.

Então abre o navegador e procura o canal de Elena. Como é mesmo seu rosto? Não se lembra direito, tanto tempo que não se veem. Quantos meses? Desde a viagem à praia, não se encontraram nem se falaram mais.

Um milhão e meio de inscritos, inativo há treze meses. Clica no histórico dos vídeos e passa a assistir a eles, em ordem cronológica.

2012 – Trechos das quatro performances no programa de talentos infantis em que Elena ficou em segundo lugar. Na entrevista com os finalistas, depois do resultado, Lígia reclama que o programa está sendo assistencialista ao dar o primeiro lugar a uma criança mais pobre, e não à mais talentosa.

2013 – Covers de músicas conhecidas, incluindo "Alegria, alegria", gravada em junho. Todas no estúdio caseiro que Laio projetou e mandou construir na própria casa.

2014 – Músicas inéditas do seu EP, a maioria composta por Lígia, com palpites da própria Elena. Uma delas tem a letra de Eitor. Em todos os vídeos, Elena está acompanhada de Lígia ao piano, um músico ao violão e outro à bateria.

2015 – Mais covers e um clipe do seu single, em preto e branco, dirigido por Laio, gravado na casa deles. Elena toca piano e canta. No making of, Elena, Laio e Lígia pareciam se divertir com os erros de gravação.
2016 e 2017 – Nada, sem novas postagens.

Acompanha, madrugada adentro, os mais de trinta vídeos com um sorriso triste. Seu amadurecimento e a mudança de sua voz pela puberdade. Eitor, pela segunda vez, a vê crescer 25 centímetros e os cabelos descerem até a altura do cotovelo. É como assistir a um filme da vida dos dois passando rapidamente.

Pergunta-se se ela teria desistido de cantar, aceitado o anonimato ou se estaria preparando um retorno triunfal. Pergunta-se se ela já teria dado o primeiro beijo e em quem. Menino ou menina?

Decidido a recomeçar, fecha o navegador. Tela vazia, olhos cheios de pedaços do passado: escola, piano, praia, desenho, personagem. Pensamentos amontoados.

Vem então a lembrança de quando ele caiu no sítio do seu avô e bateu o braço no chão. Teve que ser engessado. Acrescentou o ano: 2005. A frase que surge: "Vou rodar até ficar tonto", escreve.

(2018)

Eitor toma cinquenta e seis gotas de Dramin para dormir. Pega o celular. O brilho da praia no fundo de tela fere seus olhos. Abre as redes sociais. Nenhuma foto de Elena, nenhum status, nenhuma constatação, nenhuma palavra de apoio a ele. Não sabe o que ela está pensando ou sentindo. Sobrepõem-se as imagens do resgate de Elena no mar dois anos atrás e do hospital onde foi atendido algumas horas atrás, ele deitado tomando soro. Quando fecha os olhos, muita água.

(Por dois anos e dois meses, entre 2016 e 2018, a família de Elena aproveita fins de semana e feriados no litoral. Com Eitor e Diana, vão duas vezes. Laio sugere a segunda e última viagem com os cinco juntos antes de colocar a casa à venda. O mesmo mar indiferente e ordinário, a mesma viagem há vinte e seis horas e há vinte e seis meses. Não exatamente a mesma.)

Certifica-se de que o despertador está no horário certo. São duas da manhã e ele precisa acordar às sete para estar na aula às oito. É o fim do recesso de Carnaval. Quer tomar mais remédio. Não sente mais enjoo, mas quer apagar por ao menos cinco horas. Não adianta, é também o fim do frasco. Sonolento, mas sem conseguir dormir. Amanhã: texto do Bobbio, empada de frango sem graça, reunião no centro acadêmico, entrevista de emprego numa editora de livros didáticos. Quer sair do estágio atual, na transportadora marítima.

(Na primeira viagem à praia, Lígia está morena; na segunda, ruiva. Na primeira, alegria, muitas fotos artísticas para o álbum; na segunda, despedida, registros dispersos e passageiros. Na primeira, Laio e Lígia estão casados; na segunda, Laio e Lígia estão separados e, mesmo assim, dormem no mesmo quarto e parecem um casal. Na primeira viagem à praia, Elena quase se afoga no primeiro dia do ano; na segunda, Eitor quase se afoga no último dia do Carnaval. Não no mar, mas naquilo que ele mesmo põe para fora depois de provar uma bebida preparada por Elena.)

O único barulho é do ventilador, que ele pensa em desligar. Transpiração e mosquitos o impedem. Vira para lá. Vira para cá. Ajeita-se no colchão, deita-se de bruços. Busca a posição ideal: braços enfiados por debaixo do travesseiro, um dos pés para fora, uma das pernas esticadas e a outra levemente dobrada. O sono não vem. Sente o coração bater no colchão. Muda de posição várias vezes. Está muito agitado, tudo está aceso.

(Eitor e Elena se reencontram, depois de vinte e seis meses sem se falar, no local onde Diana, Lígia e Laio decidem fazer uma parada no trajeto: um posto de gasolina com um restaurante nos fundos cheirando a fritura. Elena está com os cabelos muito longos, pontas loiras, e alisados. Já há uma protuberância evidente na região dos seios e sua voz parece mais aguda.)

Ele acende a luz e se levanta, vai em direção à sua estante. Talvez ler ajude, pensa. Repara na infiltração da parede que insiste em descascar a tinta. Folheia alguns livros e lê trechos mais curtos. Não retém muita coisa e não quer continuar lendo de pé. Pega o celular novamente. Há uma nova notificação, mas é spam. Um cachorro começa a latir ao fundo.

(Elena age como se nada tivesse acontecido, como se tivessem se visto no dia anterior. Como dois estranhos com intimidade, cumprimenta Eitor com um beijo no rosto e tira sarro da sua roupa toda preta. "Na sua mala você trouxe sobretudo e cachecol?", pergunta mascando chiclete e rindo.)

Já são três e meia da manhã. Eitor está deitado olhando para o teto, acariciando com uma mão a palma da outra. Enfia a mão dentro da parte debaixo do pijama e com a outra pega o celular. Procura vídeos pornográficos, de homens e mulheres. Não sente nada quando vê os corpos, aumenta o volume para ouvir seus sons ofegantes. Coloca os fones de ouvido para escutar o que encontrou. Ele não geme, mas vai até o fim e suspira longamente. Semana que vem: encontro com outro garoto do aplicativo.

(Na praia, Elena usa um biquíni pequeno e colorido. Passa óleo bronzeador no corpo e se expõe ao sol como se já fosse adulta. Alguns de seus gestos e trejeitos lembram bastante os de Lígia; outros, os mais imperativos e sarcásticos, os de Laio.)

Depois de se limpar com o papel higiênico ao lado da cama, levanta e sai do seu quarto, atravessa o corredor e abre com todo o cuidado a porta do quarto de Diana. Ela guarda na gaveta da mesinha de cabeceira um remédio muito mais forte. Eitor anda na ponta dos pés, quase nem respira. Abre a gaveta, está quase lá. Na escuridão, sua mão não encontra o frasco, mas uma caneta velha aberta e o seu antidepressivo usual. Diana acorda num susto, resmunga "para de mexer nas minhas coisas, não está aí, sai do meu quarto".

("Você pensa em voltar a cantar?", Eitor pergunta quando ela o olha de cima a baixo, a primeira vez em que tira a camiseta. "Você está malhando?", ela pergunta, e Eitor entende que a resposta às duas perguntas é a mesma: "quem sabe um dia".)

Volta ao seu quarto e se joga na cama. Suas costas doem e o colchão parece feito de areia. Tenta fechar os olhos e as lembranças da praia ferem sua retina. Muda a cabeça de posição em média duas vezes por minuto. Mês que vem: visita à Elena?

(Na manhã de domingo, depois de tomarem café da manhã, Laio, Lígia, Diana e Elena avisam que vão andar na praia. Eitor fica na casa e vai ao quarto trocar de roupa. Sente mais vergonha do que nunca de Elena e sempre espera que ela saia da casa para se despir. Percebe que esqueceu o short no banheiro, mas quando tenta sair a porta está trancada.)

Desiste de dormir. Abre a terceira gaveta da escrivaninha e encontra papéis velhos. Um homem no funeral do próprio filho. Liga o computador e olha seus arquivos. Memórias derramadas, palavrosas, muitas vírgulas e poucos pontos, a partir das suas experiências dos sete aos catorze anos. 2005 a 2011. Não vê mais sentido em nada daquilo. Sente vergonha. Joga tudo na lixeira e abre um arquivo novo.

("Fiquei preso aqui!", Eitor grita na porta, com esperança de que não tenham saído ainda e alguém vá escutá-lo. Silêncio. "Fiquei preso no quarto!", continua gritando, agora batendo na porta. Pensa em fugir pela janela, mas as grades o impedem de passar. Os quatro passariam o dia na praia e o esqueceriam lá, certos de que ele tinha decidido não ir. Continua socando a porta, já sem expectativas. Minutos depois, quando ele já tinha desistido de sair, Elena abre a porta e diz que tinha trancado a porta de brincadeira. Todos ainda na casa, como espectadores daquela cena patética, o esperam, rindo.)

No arquivo novo, começa a rascunhar qualquer coisa, impressões do dia, a mão foge. Tenta de novo. As primeiras palavras são mais difíceis. De novo. A dificuldade em escrever parece ser a mesma de dormir. Vê a madrugada pela janela e se imagina observado através do vidro por uma câmera, que se afasta cada vez mais e o enxerga como um ser minúsculo, como nos filmes. No arquivo novo, um pai.

(No penúltimo dia do feriado, segunda-feira, pouco antes de começarem a passar os desfiles do Rio na televisão de 14 polegadas, Diana, Laio e Lígia saem para jantar num dos poucos restaurantes existentes perto daquele condomínio fechado. A casa é logo tomada por cinco amigos de Elena, três garotos e duas garotas mais velhos que ela, de quinze a vinte anos, todos paulistanos. Elena convida Eitor para beber junto com eles. Eitor não gosta daqueles amigos, mas quer ficar por perto. É a primeira vez que Eitor vê Elena bebendo.)

Pensa que tudo vai acabar um dia, que a morte vai pôr um fim em tudo, até na sua imaginação. Fica com a boca seca, suas mãos tremem e seus pés ficam mais e mais gelados. Abre o Twitter e posta uma imagem da *Alice no País das Maravilhas* com a frase "uma vida baseada em sono durante o dia e insônia à noite". No arquivo novo, ele, filho sem pai, vai inventando um pai ainda sem filho.

(As conversas giram em torno de artistas e bandas que Eitor não conhece e de amigos em comum deles. Falam alto e fazem brincadeiras agressivas uns com os outros. Ao mesmo tempo, parecem se gostar muito. Eitor se sente acuado e não fala nada. A certa altura, todos já bêbados, Elena diz que vai preparar uma bebida especial para Eitor. Quando retorna da cozinha, dá um selinho numa das meninas e depois fica de mãos dadas com um dos meninos. Depois ele coloca a mão na sua coxa e os dois se beijam de língua. Eitor bebe com dificuldade o drinque preparado por Elena, parece queimá-lo por dentro e virar seu estômago do avesso. O amigo com a mão na coxa de Elena sugere a brincadeira de ir tirando as peças de roupa de quem perde a rodada.)

Respira fundo, o pânico vai passando. Inspira em cinco segundos e expira em dez. Boceja. São seis da manhã e ele tem uma hora para pensar em algo que valha a pena. No arquivo novo, um pai dividido entre a esposa grávida e um garoto que acaba de conhecer na viagem a Paris. Dormir. Morrer. Escrever sobre morte e sono? As palavras surgem nas paredes, o lápis passeia sozinho pelo caderno de anotações que repousa ao lado do computador. Abre o navegador.

(As poucas roupas de praia caem no chão e os amigos parecem gostar de se exibir. Eitor tem curiosidade pelos outros corpos. Todos os garotos têm músculos aparentes e pelos por todo o corpo. Eitor nem se importa de tirar a camiseta e o calção, tal o efeito do álcool e da beleza dos outros jovens ao seu redor. Elena perde algumas vezes e tem que tirar os chinelos e a canga que a envolve. Todos festejam, menos Eitor. Quando Elena é obrigada a tirar a parte de cima do biquíni, Eitor a imagina transando com o menino e vomita na mesa onde estão as cartas. Corre ao banheiro e não consegue mais parar.)

Varig terminais Charles de Gaulle. Obras de Lacan. História psicanálise Brasil. Rue Lecourbe. Arts du Spetacle Paris VII. Michel Vinaver. Pesquisar.

(No hospital, o mais perto da região, Eitor toma soro na veia e a ânsia vai passando, apesar do nojo que sente do local. Na saída, um homem com cerca de quarenta anos fala para quem quiser ouvir: "eu estou muito feliz, Deus é maravilhoso, Deus é bom até demais, ontem nasceu meu filho, três quilos e seiscentos gramas, já é meu terceiro, fiquei na cadeira torta daqui, mas estava tipo aqueles pais babões, o médico disse que eu não podia mais ter, imagina, agora três com a minha cara, Deus é muito bom".)

Detalhes do intercâmbio no ano anterior vêm à mente. Em 1997 já existiam o campus nos Grands Moulins e a residência na rue Vaugirard? Não importa. No arquivo novo, um pai chamado Élio. E ele está para nascer, filho de alguma deglutição, orifícios que se abrem e se fecham, e alguns clichês. Duas, três, quatro linhas ao raiar do dia. Não consegue mais que isso, sente-se exausto. Encosta-se na cama e sente que vai adormecer.

Hélio segundo Heitor

(1)

Ao aterrissar no Charles de Gaulle, Élio olha para o seu relógio de pulso: dez e quarenta e cinco da manhã. Embora a telinha em frente ao assento mostre as horas e a duração do voo – além da data, 6 abril de 1997 –, ele precisa se certificar do seu próprio tempo, o fuso do Brasil, Ísis agora na sua habitual reunião de segunda, com dor nas costas, Ísis ainda com enjoos e sem conseguir dormir direito, Ísis há seis meses carregando o filho deles, previsto para nascer no início de julho.

Será que ela tinha dormido bem aquela noite? Teria conseguido descansar, pelo menos um pouco? É só nisso que ele pensa ao atravessar o grande tubo que liga o avião ao aeroporto. Tendo passado a noite em claro, pode dizer que sabe bastante do sono de vários passageiros: a senhora brasileira que está logo na sua frente, andando devagar e bloqueando o caminho dos passageiros mais apressados, dormiu apoiada na bandeja usada para comer. Quando foi acordada pelo choro de um bebê de um casal de brasileiros, sentados duas fileiras para trás, mandou seu marido, sentado ao seu lado, dar uma volta pelo avião por pelo menos meia hora para que ela conseguisse voltar a dormir, dessa vez esparramada em dois assentos. Esse bebê deve ter acordado umas três ou quatro vezes, mas Élio só registrou com mais atenção a última, quando o choro durou mais do que quinze minutos, contados no relógio. Do sono de Ísis, no entanto, nada sabe. Pela primeira vez desde que os enjoos começaram, não sabe como ela havia passado a noite.

Seguindo as indicações, caminha pelos intermináveis corredores do Terminal 1, depois desce um lance de escadas com uma mochila pesada nas costas – está cheia de materiais sobre as influências da Escola Francesa na formação dos psicanalistas brasileiros e argentinos, além de livros do Lacan no original que tentou ler no caminho e não conseguiu. Élio sabe que deveria ter se preparado com antecedência para sua apresentação. Em vez de pensar no que iria dizer em frente aos outros participantes, desde que Ísis engravidou ele sentiu toda sua atenção capturada por ela e, no tempo que restava entre um atendimento e outro, entre um curso de especialização e outro, via-se obrigado a ficar ao lado da esposa e cuidar da casa.

Na fila da imigração, nota que seu francês não está tão bom quanto imaginava. Finge apreciar as especificidades do aeroporto para ficar com o rosto virado para a fila ao lado, formada principalmente por franceses, e escutar o máximo que pode das conversas. No voo, Élio tentou se tranquilizar com a hipótese de que não podia compreender as palavras porque lá elas estavam dispersas, sussurradas; porém ali, na fila, onde as palavras ecoam e se ouvem bem, não há desculpa. Um grupo de jovens parece conversar sobre a Copa que aconteceria dali a um ano, mas ele só pode intuir isso pelo contexto e palavras soltas.

– *Sure, thank you* – responde em inglês para o monsieur que pede seu passaporte. Então tenta perguntar em francês onde pegar o RER para a cidade e o monsieur mostra que não entendeu nada com uma expressão facial que mistura dúvida e repulsa. Élio se lembra novamente dos enjoos da Ísis, olha para o relógio de pulso com o horário brasileiro.

– *Sorry, I'm late* – e vai em direção à esteira de bagagens sem repetir a pergunta em língua alguma.

Já com a mala em mãos, segue as indicações para a saída, depois as indicações para trens e ônibus. As placas são muitas, as informações parecem desencontradas, mas decide que não vai pedir ajuda para ninguém. Os grandes saguões, àquela hora da manhã, já estão cheios de gente e todos parecem saber muito bem aonde estão indo, e com pressa porque a caminhada parece interminável. Ao chegar à bifurcação entre o TGV e o RER, Élio tira um mapa de Paris da sua mochila e o observa atentamente: segue com o dedo indicador o RER B até o lugar em que ele cruza com a linha seis, onde faria baldeação em Denfert Rocherau e seguiria até a Sèvres Lecourbe. Sente que em breve conheceria todas aquelas linhas e estações sem olhar o mapa e que passaria despercebido como um nativo, sem dar pinta nenhuma de estrangeiro. Chega a decidir que, além de ler os capítulos necessários para o seminário, tentaria decorar aquele mapa até o dia seguinte.

– Precisa de ajuda, senhor?

Élio recolhe o mapa e vê bem na sua frente um menino alto, sorridente e de olhar acerado. Vestido com uma calça de moletom cinza e um casaco de moletom preto, carrega apenas uma pequena mala de rodinha, cuja alça parecia ridiculamente pequena para sua mão larga. Deve ter por volta de dezoito anos, talvez um pouco mais.

– Desculpe, você não fala francês? *Do you speak English*?

– Não. Digo, sim, falo inglês e um pouco de francês, mas acho que encontrei minha estação aqui – Élio responde em francês, alongando as interjeições de hesitação com o fonema que um francês usaria, para parecer mais familiarizado com a língua. – Não preciso de ajuda, muito obrigado.

– Me chamo Hector, prazer – diz o garoto estendendo a mão no exato instante em que Élio dá o primeiro passo em direção ao trem para fugir daquela conversa.

(2)

Passam a viagem de trem inteira conversando. Algo no modo de falar de Hector – sua voz é grave e suave ao mesmo tempo, e ele articula as palavras de forma tão pausada que não se sabe se ele está sob o efeito de alguma droga ou apenas quer muito ser entendido – dá a Élio a segurança de arriscar seu francês e não raro acertar frases inteiras de primeira. Não apenas isso: acaba contando para o garoto o motivo da viagem, seu percurso profissional até então e as aflições com a gravidez da esposa. Parece que falar sobre tudo isso em outra língua deixa o tom da conversa menos confessional, como se ele estivesse de algum modo camuflado pela estrangeiridade.

– Eu já quis ser psicólogo – conta Hector sem tirar os olhos de Élio, que observa através do vidro o subúrbio de Paris vivendo o clima ainda frio do início da primavera. É a primeira vez que o rapaz para de fazer perguntas e revela algo de si. – Mas desisti e, bem, aqui estou. A gente leu na escola aquele texto do Freud... Como se chama? Foi numa aula de literatura.

– Na escola? No Brasil... – Élio hesita. Apesar da vontade de trocar experiências, não quer falar mal do seu país levianamente.

– Gostei daquilo... – Hector parece mais interessado em continuar a conversa do que lembrar qual era o texto. – Mas na época já fazia parte de um grupo de teatro na escola e meu professor me incentivou muito. Quando eu comecei a frequentar as aulas, parecia um ratinho assustado, e depois...

Hector faz um gesto de abrir os dois braços, como se estivesse nascendo de dentro de um casulo, junto com uma onomatopeia de explosão ou algo do tipo. Faz isso dando uma risada mais duradoura do que a graça do movimento ou do episódio passado a que ele remete sugerem. Élio se esforça para mostrar os dentes ao sorrir, mas logo sente que deve em vez disso ter feito uma careta estranha e volta seu olhar para a janela mais uma vez. Aquela paisagem não se parece nada com o que espera encontrar chegando ao centro da cidade. Há construções que parecem galpões ou prédios mais modernos, além de regiões quase descampadas, ou pelo menos sem a concentração populacional e agitação urbana que tem a expectativa de encontrar dali a pouco. Os postes de luz passam criando linhas contínuas, e por sua vez essa ideia de movimento em direção a um destino lhe agrada.

– Fazer terapia ajudou também, claro – complementa, piscando para Élio, que de novo sorri um pouco sem jeito.

Élio se pergunta pela primeira vez, ou ao menos de modo mais sistematizado, por que aquele garoto vem se mostrando tão preocupado em ajudá-lo e em lhe fazer companhia. Questiona-se se tudo aquilo não seria invenção dele, se ele diz aquelas coisas só para enganá-lo. Chega até a pensar que tudo não passa de um golpe para roubá-lo. O seu nome é Hector mesmo? De onde ele vem?

– Olha lá! Bem-vindo a Paris!

Ele diz isso quando chegam à Gare du Nord. O movimento de pessoas é intenso e Élio segura a mala com mais força. Cogita até inventar alguma desculpa ao garoto, descer em qualquer estação e deixá-lo. Será que ele já pegou algo seu e não percebeu? Esses pensamentos persecutórios não ocorrem de maneira pura e simples, e sim, por estar levantando uma série de suspeitas a respeito de um rapaz negro, carregados de autorrecriminação. Então ele decide permanecer no seu lugar, ainda apreensivo, mas com a consciência limpa.

Chegam a Denfert Rocherau alguns minutos depois, em silêncio. Descem juntos pelas escadas cercadas por paredes de ladrilho branco. No caminho, um homem toca no acordeão uma música que parece familiar, mas que ele não sabe nomear. Apesar do frio que faz lá fora, Élio está suando dentro dos casacos. O metrô da linha seis está ainda mais abafado e eles não conseguem lugar para se sentar. O desconforto é grande, mas dessa vez a paisagem finalmente se impõe: o trem atravessa Paris por cima da terra e há, para qualquer lado que se olhe, mais detalhes que a visão pode capturar. Na estação Pasteur, Hector se despede sem grandes rodeios de Élio. Diz que precisa ainda fazer a baldeação na linha doze e descer na Convention, a mais próxima do alojamento estudantil onde mora.

– Nos vemos, meu amigo. O colóquio será na Paris Diderot, certo? Eu não disse, mas estudo lá também.

Élio acena de volta para ele, perguntando-se por que ele havia demorado todo esse tempo para contar onde estudava. Ao menos conhece agora alguém, ele pensa. Ou estaria se enganando? Desce na Sèvres-Lecourbe, como havia planejado, e anda um quarteirão até chegar ao hotel. Nessa pequena caminhada, pensa que nem tudo lá é bonito. O próprio hotel tem aparência de um prédio antigo demais para continuar de pé. Ao entrar, Élio parece ter perdido toda a habilidade para falar que havia adquirido na última hora. Não entende as perguntas que o recepcionista faz e cogita falar em inglês ou gesticular. Entre gagueiras e confusões no diálogo, consegue enfim as chaves do quarto e, não sem dificuldade, sobe com as malas no elevador minúsculo e antigo.

No quarto, olha para as malas e se pergunta se tem tudo de que pode precisar. Enquanto Ísis vive uma gravidez delicada do outro lado do Atlântico, do outro lado da janela uma cidade estranha segue a vida normal. E ele agora conhece Hector e sabe que eles estarão na mesma universidade. Por mais remotas que sejam as chances, podem se cruzar por lá. Por algum motivo, aquilo parece bastar.

(3)

Élio não sabe se está no caminho mais rápido para a Paris Diderot, mas prefere seguir pela rota em que a baldeação é feita no começo para se livrar logo da necessidade de atenção ao trajeto e poder voltar seu foco aos textos que carrega na mochila ou às pessoas à sua volta. Com frequência, Ísis, seus familiares e amigos o chamam de distraído, de desatento; chegam até a pregar peças, escondendo seus óculos ou sua agenda e apostando entre si quanto tempo ele ia demorar para encontrá-los. Élio tem para ele que não se trata de falta de concentração, e sim do excesso dela: ao observar os outros, pessoas próximas ou desconhecidas, acaba se detendo em certas minúcias – a cadência dos passos, a maneira de gesticular, as palavras que mais se repetem – e, consequentemente, descarrega de importância o fluxo impetuoso de vida ao seu redor. Esse é fundamentalmente o material para sua profissão de analista.

Em frente a ele no vagão, percebe, por exemplo, que uma senhora de cerca de setenta anos mexe os lábios de leve enquanto batuca na própria perna com três dedos, como um movimento involuntário decorrente de um monólogo (ou quem sabe até diálogo) interior que ele tenta decifrar. A partir dessa faísca, imagina que ela cerre as pálpebras quando sorri, e, na sua condição ainda de aprendiz no seu ofício, arrisca um diagnóstico baseado no que imagina de sua narrativa edípica: frieza emocional, papel constante de vítima, mãe retentiva, pai autoritário e ausente. Supõe ainda que ela tenha dois filhos e um neto, que um dos filhos seja homossexual e foi morar em Lyon com o marido e que a filha more num apartamento de três *pièces* com o marido e o filho, que o filho adolescente tenha sido recentemente diagnosticado com transtorno de personalidade e que o psiquiatra ainda não tenha acertado a medicação.

Só interrompe esse devaneio quando a Torre Eiffel aparece na janela, inevitável, com um grande letreiro luminoso e variável, fixado no segundo andar, em que se lê "*J – 998 avant l'an 2000*". Enquanto se apressa para a baldeação com o RER, movendo-se numa espécie de piloto automático, Élio deixa sua desatenção levá-lo a pensamentos não mais constituídos unicamente por palavras e imagens, histórias de pessoas que não conhece, mas agora também por números. E números muito atrelados ao seu presente: quase mil dias para 2000, cerca de cento e vinte dias para o nascimento do filho, sete dias para o retorno ao Brasil, vinte e sete minutos para a abertura do colóquio. Pensa, então, em Hector, sem entender por que conta deveria fazer em relação a ele. Qual tipo de contagem regressiva?

Ao descer na François Mitterrand, Élio tem a sensação de estar numa Paris diferente daquela do imaginário coletivo. Naqueles lados do 13° arrondissement, a arquitetura é mais moderna, com muitos prédios de vidro, com nomes em inglês, e tanto a falta de padronização quanto o espaço maior entre um e outro dão a impressão de uma região que ainda se constrói, que ainda não entende em que vai se transformar. Avista as duas construções de estilo neoclássico da Paris Diderot, do alto de um pequeno elevado que atravessa o jardim Abbé Pierre. Entre as duas, há um espaço de convivência onde se aglomeram e circulam os estudantes, todos aparentando nem ter completado vinte anos e na sua maioria segurando um café numa mão e um cigarro na outra. O rio Sena se deixa entrever pela esplanada, pois a única árvore que continua corpulenta nessa época do ano é uma instalação imensa de metal situada mais adiante no pátio.

Élio se perde algumas vezes naquele edifício não linear e que a ele não parece ter muita lógica até chegar ao auditório onde se dará a palestra de abertura do colóquio: "Lacan no Novo Mundo: contribuições e transformações". Quando entra, a sala ainda não está totalmente cheia e muitos dos participantes, homens e mulheres entre trinta e quarenta anos, todos aparentemente de algum país latino-americano, ainda estão tentando se localizar, o que provoca nele certo alívio, mas também receio de que queiram criar qualquer tipo de contato com ele. Em uma mesa do canto, são servidos cafés e croissants, dos quais Élio se serve antes de se sentar numa das últimas fileiras. Um senhor francês extremamente magro, vestindo um terno alguns números maior e de cabelos desgrenhados, bate no microfone e dá início às apresentações.

Ele começa falando dos objetivos daquele encontro e agradece a presença de todos; em seguida, pousa sobre o projetor uma folha contendo a programação completa dos próximos dias e se detém em cada conferência, em cada palestrante, em cada mesa de discussão. Élio olha várias vezes para o seu relógio de pulso, fazendo sua própria contagem regressiva para o horário de almoço. Acompanhando o ponteiro dos segundos, lembra-se de ligar para Ísis antes de dormir. Ligação antes das dezenove horas, anota em seu caderno até então em branco.

Chegada a hora do intervalo para o almoço, não tem vontade de conversar com ninguém, tampouco de almoçar. Os cinco brasileiros ali presentes, dois homens e três mulheres, já formam uma roda de conversa na saída do auditório e discutem o melhor lugar para comer lá perto sem gastar muito, mas Élio passa por eles como se não entendesse uma única palavra de português. Também não quer tentar se comunicar em espanhol e muito menos em francês com os poucos acadêmicos que se interessam pelo que é feito na clínica lacaniana na América do Sul. Prefere ficar calado, e decide que se fará de francês para os argentinos e de argentino para os brasileiros.

Apressa-se para descer ao pátio central. Lá fora faz frio e garoa. Os estudantes da graduação estão fumando ou fazem fila para comer no restaurante universitário. Élio permanece imóvel na porta do prédio, sem saber para onde ir. Se subir novamente as escadas, corre o risco de ser reconhecido por algum participante do colóquio e ser chamado para almoçar; se sair, ficará andando a esmo, atrás de um restaurante, e comerá sozinho.

Decide entrar na fila do restaurante. Ali, pelo menos, está fazendo algo: esperando. Mostra para o segurança seu formulário de inscrição no colóquio. Pega seu prato e deixa a moça do restaurante servi-lo com a opção mais segura: frango com cenoura cozida. No momento de procurar uma mesa, tenta encontrar o rosto de Hector. Se ele também estivesse almoçando por ali, poderia agir naturalmente, como se já estivesse aclimatado, soubesse o que pedir para comer e tivesse companhia à mesa. Continuariam a conversa que começaram, combinariam de beber vinho à noite. No entanto, apesar de lotado, não há ali um único estudante que se pareça com Hector. Pede para sentar-se na única cadeira vaga de uma mesa coletiva, com meninas e meninos pelo menos quinze anos mais novos que ele. Sente-se ridículo, não olha para cima, concentra-se na comida, que trata de engolir depressa.

Depois de almoçar, vai à cafeteria ao lado do restaurante. Arrisca fazer o pedido simples de um café, em francês. A garoa já passou e ele se senta num banco virado para o Sena, cinzento e sem sinal de vida ou movimento exceto por um barco que também parece servir de restaurante para os alunos. Seus olhos lacrimejam. O frio, talvez. "Freud foi o peixe que viu a água", disse, com um pouco de sotaque, uma professora argentina radicada no Brasil, numa aula que teve sete anos antes.

Fixa seu olhar no rio por alguns minutos, entorpecido, afundando naquelas águas geladas. Curiosamente, ali dentro do rio não sente frio e, quanto mais afunda, mais consegue enxergar através das águas turvas: aparece a Torre Eiffel, que anuncia faltar um só dia para o ano 2000; Ísis boia com seu filho, já com um ano e meio, mas quando Élio tenta tocá-los, eles escorregam, misturam-se entre as carpas e salmões, e somem. Afunda mais, encosta no chão, de onde de repente sai Hector sem roupa, todo coberto de areia. Afasta os pensamentos estranhos, olha o seu relógio de pulso: dez minutos atrasado. Bebe o café já frio, de uma vez.

Ao voltar para o auditório, todos já estão posicionados, mas, desta vez, de pé. O francês extremamente magro está com uma prancheta na mão e parece estar chamando os nomes um a um.

– Monsieur Pereira.

Começa a falar um sujeito baixinho e com uma barba imensa. Pelo sotaque e sobrenome, Élio, que observa tudo da porta, presume que é brasileiro.

– Bom dia, senhor. Já começamos. Queira se acomodar em algum lugar que vou chamá-lo a se apresentar em breve. Diz o francês magricela, interrompendo o senhor Pereira e virando-se para Élio, ainda parado na porta.

– Perdão, acho que entrei no lugar errado – Élio responde abruptamente, sem a certeza de que foi entendido ou sequer escutado.

Sai pela porta sem explicar mais nada, procura no mapa a estação Vaugirard e, evitando se perguntar o porquê, vai em direção ao alojamento estudantil onde Hector mencionou que morava.

(4)

Descendo na estação Vaugirard, Élio crê estar bem próximo da residência universitária. O frio na barriga, ao sair para a rua, se converte em uma deliciosa aflição, que ele aceita como um sentimento incontornável. Caminhando, um vento gelado bate em seu rosto e ele fecha levemente os olhos, como que para realçar a impressão de aventura inusitada, de etapas imprecisas e incompreensíveis.

Em dado momento, lembra-se de reparar nos números dos prédios, cuja marcação parece ir de um em um e não pela distância em metros, e só aí percebe que deveria ter descido na próxima e ainda tem um bom caminho, quase um quilômetro, para andar a pé. Não fica muito tempo parado e nem pensa em voltar à estação, ao contrário, anda mais rápido, atento à sua respiração e aos números que faltam para chegar, apreendendo um ou outro detalhe da rua: as cruzes verdes das farmácias, a alternância entre prédios modernos e os de fachada haussmanniana, os restaurantes de sushi e as perfumarias, uma pequena livraria com vários exemplares de *Jean-Christophe* de Romain Rolland na vitrine, incontáveis brasseries, um enorme Monoprix.

Quando avista três prédios cinza equidistantes, todos cinza em forma de cubo, janelas por todos os lados, tem a certeza de ter chegado; a placa no portão de entrada confirma. Passando por ele, há um corredor a céu aberto que dá em outros blocos mais para o fundo. Diante da infinidade de apartamentos onde Hector poderia estar, sua animação evapora. A probabilidade de Hector estar em casa e de ele conseguir o bloco e o apartamento é ínfima, pensa, foi uma estupidez ter ido até lá. Além disso, fez papel de ridículo saindo subitamente do seminário.

Mesmo se dando conta do absurdo da situação, não consegue regressar. Parece que o esforço de mover suas pernas e voltar ao hotel é muito maior do que o de ficar ali e esperar. Aproxima-se do portão e observa mais de perto a disposição dos prédios. Nessa hora, ouve passos vindo de um dos prédios e se inquieta. Sai uma garota de vinte e poucos anos, cabelos castanhos compridos, pele bastante branca e um pouco de olheiras. Ela segura um monte de sacolas e se atrapalha um pouco na saída. Quando nota a presença de Élio um pouco mais à frente, diz "*bonjour*" e segura o portão para ele, que não vê alternativa senão entrar.

Lá dentro, procura de prédio em prédio do conjunto qualquer lugar que possa parecer como uma portaria ou escritório. Nada. Apenas pequenos halls com uma entrada para os elevadores e outra para as lavanderias coletivas, com meia dúzia de máquinas de lavar e secadoras. As portas que dão acesso aos elevadores também estão trancadas. Como se não pudesse voltar nem seguir, Élio para no meio do corredor e se contenta em observar o modesto jardim no centro dos três prédios do conjunto, repassando alguns lampejos do seu dia. Passam alguns estudantes por ele, indo e vindo de seus apartamentos, alguns diálogos o atravessam. Olha para cima e tenta aferir o tamanho de cada um daqueles apartamentos. Trinta metros quadrados? E quantos deles haveria? É finalmente devolvido à consciência quando aparece mais ao fundo da área comum uma senhora de cabelos brancos bem curtos, roupas largas e feições pouco amigáveis.

– Olá, bom dia – tentando parecer francês ao máximo.

– Bom dia – responde, sem sorrir.

– Desculpe, estou procurando pelo Hector.

– Quem? Hector? Ele é morador? Como o senhor entrou? – pergunta, num tom grosseiro, sem respirar entre uma pergunta e outra.

– Sim, é morador – e se cala para não ter que responder à última pergunta.

– De qual bloco e apartamento?

– Eu não sei bem...

– E como eu vou saber? – elevando a voz. – Se não me engano há uns três com esse nome morando aqui.

– Desculpe, achei que ele fosse o único e ele não me deu mais informações.

– Pergunte a ele e volte aqui novamente, por favor. Não tem cabimento eu descobrir pelo senhor... – e continua resmungando palavras que não entende bem.

Agradece a *concierge* e, frustrado, segue seu caminho de volta ao hotel. Chega ao seu quarto cedo, mas não liga para Ísis. Come alguns amendoins que havia deixado em cima da mesa e se deita sem trocar de roupa. Passa a noite em claro mudando de ideia sobre o que deveria fazer no dia seguinte.

Às seis da manhã, levanta-se assustado, sem saber onde está. Enquanto toma banho, decide pegar o metrô para a residência da Vaugirard novamente. Posiciona-se do outro lado da rua e observa os estudantes que saem para suas aulas. Um, dois, dez, quinze... Depois do número vinte para de contar. Apesar do frio, sua pelas têmporas. Fica também de olho no seu relógio de pulso, fazendo conta de quanto levaria para chegar a Paris Diderot e quanto perderia dos seminários do segundo dia.

Élio não consegue acreditar quando ele finalmente aparece, às seis e cinquenta e cinco, vestindo uma jaqueta *doudoune* e gorro pretos, com as luvas em uma mão e um cigarro na outra. Logo atrás, aparece uma garota bastante alta, quase da mesma altura que Hector, com o rosto coberto de maquiagem. Fica paralisado, sem saber o que fazer.

Logo que os dois se posicionam no ponto de ônibus, Hector olha para o outro lado da rua e o reconhece, acena e abre um largo sorriso, de um jeito que talvez ninguém tivesse feito para ele na vida. Hector atravessa a rua com a garota e dá um abraço em Élio, que ele jamais esperaria de um estranho.

– Meu amigo! Que surpresa! O que faz aqui? Ah, essa é Hélène, *ma petite amie*.

– Prazer – diz Hélène.

Élio mal consegue sorrir para os dois. Olha para baixo, procurando palavras, e quando vê a mão de Hector se entrelaçar na de Hélène, sente uma angústia diferente de todas as que havia experimentado até então.

(5)

Tudo isso parece um sonho, Élio pensa já dentro do tramway que atravessa a Rive Gauche lentamente. Ao seu lado estão Hector e Hélène, que continuam de mãos dadas e, mesmo havendo assentos vazios, preferiram ficar de pé.

Desde o encontro em frente à residência universitária, Hector não pergunta mais o motivo que o levou até ali e tenta deixá-lo à vontade com conversas corriqueiras: elogia seu cachecol, comenta que o sol deve sair mais naquela semana e recomenda a ele um café do 15eme, o "único lugar barato neste quartier de velhos e ricos", onde se pode pedir um combo de sanduíche e café por apenas cinco francos. Élio se limita a responder com a cabeça e expressões faciais – embora se sinta seguro ao lado de Hector, a presença de Hélène o intimida. Do que o casal conversa entre si, nesse tempo em que estão os três juntos, consegue captar uma palavra ou outra, mas poucas frases inteiras, dotadas de algum sentido.

– Um dia desses você precisa subir na Torre Montparnasse. – Quando o tramway para em Jean Moulin, Hector interrompe o diálogo ininteligível com Hélène e se dirige a Élio, falando mais lentamente e batendo a ponta do indicador no vidro:

– Eu gosto de visitar o prédio mais alto de uma cidade. Em São Paulo qual é?

Élio havia percebido que alguns passageiros olham de cima a baixo o casal, talvez pela estranheza que cada um provoca individualmente e que é potencializada pela união dos dois. Ele procura se diferenciar desses olhares, mas é inevitável que sua fantasia vague por cantos mais obscuros, chegando até a formar a imagem de Hélène, de quatro, e Hector segurando com as duas mãos os seus seios de mentira.

– Você é casado há muito tempo? – Hector pergunta, interrompendo seu devaneio.

– Não... – diz franzindo a testa, como se não se lembrasse ao certo. – Faz um ano. Ela está grávida de um menino.

Os dois têm a reação prevista: sorriem e o parabenizam. Mas Hector, que parece sempre deixar estampado um sorriso no rosto até em situações em que não haveria necessidade, fica sério de repente, e avisa que eles deveriam descer na próxima estação. Caminham pela Avenue de France em silêncio; desta vez, Hector e Hélène não estão mais grudados. Élio então cogita perguntar a Hélène se ela estuda também na Paris VII e qual o seu curso, mas de novo fica calado. Por que ele perguntaria isso se essa nem é a sua maior curiosidade sobre ela? Desejaria, no fundo, ouvir sua história, saber quando se percebeu como mulher e a partir de quando assumiu essa identidade.

– Bem, ficamos por aqui – declara Hector ao chegarem ao jardim que separa os dois prédios principais da universidade. – Foi muito bom encontrar você, meu amigo. Que bom que você tem boa memória e lembrou onde eu moro! Não sei se eu lembraria... Espero que nos vejamos mais.

E eles se despedem só com um aceno de mão, sem nenhum contato físico. Melhor assim, pensa Élio. Quando chega perto da entrada principal, ouve Hector chamando seu nome repetidamente e o alcança, esbaforido.

– Amanhã vou me apresentar nesse teatro, não quer ir me ver? – Hector pergunta, dando-lhe um folheto em que se lia em letras vermelhas "*La Demande d'emploi*, Michel Vinaver". – Eu atuo, e Hélène faz a sonorização e a iluminação da peça.

Élio não tem tempo de responder, pois o garoto já corre de novo na direção oposta, ao prédio onde provavelmente estão concentrados os cursos de arte. Olha mais uma vez o folheto antes de jogá-lo na mochila, depois confere seu relógio de pulso e sobe as escadas com algum alívio – ao menos não chegaria atrasado. Em frente à sala reservada para o colóquio, alguns rostos já vistos no dia anterior se voltam para um cavalete de madeira onde está pendurada a programação até o final da semana. Élio se aproxima também, cumprimenta os demais com um sorriso discreto e tenta enxergar à distância o que está escrito. Observa as atividades do dia: uma venezuelana começará discutindo os efeitos da dissolução da Escola Freudiana de Paris e da visita de Lacan a Caracas, seguida por uma uruguaia que falará da Reunião Lacanoamericana de Psicanálise, em Punta del Este, 1986.

– Com licença, *Monsieur* Bégot – Élio se dirige ao professor quando ele vem para destrancar a porta. – Peço desculpas por ontem, estou inscrito aqui. Não pude entrar ontem quando me chamou porque tive uma emergência...

Sem saber o que inventar, coloca a mão em sua barriga, gesto que, ao mesmo tempo que encerra aquela conversa, acaba por colocá-lo em uma situação ainda mais constrangedora. Élio é o primeiro a entrar e se dirige mais uma vez ao fundo da sala.

No resto do dia, faz um esforço para prestar atenção nas apresentações e sentir que está imerso somente naqueles temas. Quando termina a programação do dia, olha seu relógio de pulso: quatro horas da tarde, já está escurecendo e ele está exausto.

Vai direto para o hotel, sem mais pensar no caminho, como se fosse a ele algo automático. Compra três garrafas de vinho no trajeto e, chegando ao quarto, pede que o recepcionista telefone para sua casa no Brasil.

– Meus Deus, por onde você andou esse tempo todo? Você não me passou telefone nenhum, não sei se estava mais preocupada com você ou comigo, fui até parar no hospital – Ísis exclama, quase sem respirar entre uma frase e outra, quando reconhece sua voz. – Até poucas horas atrás achei que tivesse perdido...

Seu coração dispara e suas mãos começam a tremer. Justifica-se, procurando imprimir tranquilidade à voz, dizendo que teve imprevistos na universidade e se coloca a escutá-la: ela sentiu cólica, teve um sangramento, mas o bebê continua lá de acordo com o ultrassom, o que saiu foi um coágulo. Passam alguns poucos minutos, os dois se acalmam e é ela quem propõe que se despeçam, para que a conta de telefone não fique uma fortuna.

Quando desliga o telefone, repara em todos os livros acumulados em cima da pequena escrivaninha do quarto: pelos seus cálculos, já precisaria ter avançado na leitura, mas decerto continuará sem abri-los aquela noite. Em vez disso, bebe uma garrafa e meia de vinho assistindo a um programa de auditório francês apresentado por um sujeito de cabelo comprido, mas calvo na região parietal da cabeça, vestindo um terno laranja e uma camisa azul. Ele faz piadas o tempo todo para a plateia e conversa com uma espécie de animação de um extraterrestre azul, com terno laranja. Começa a entender o humor do programa depois da primeira garrafa, e se surpreende quando chega até a dar algumas risadas. Ouve um barulho na janela: lá fora está chovendo ou eu estou delirando, pensa, talvez os dois. Mas não chega a virar o rosto, continua deitado na cama, bebendo a segunda garrafa e rindo para a televisão.

Isso é mais real que um sonho, diz a si mesmo, pouco antes de pegar no sono.

(6)

Chega com quase uma hora de antecedência ao Théâtre de l'Épée de Bois. Do lado de fora, dois casais vestidos com roupas elegantes e sóbrias conversam discretamente. Élio se sente desconfortável por estar sozinho e vai se abrigar direto dentro da construção, onde tudo é muito maior do que supunha do lado de fora. Logo avista o café, com mesas quadradas de madeira espalhadas pelo salão, fotos de grandes dramaturgos na parede e a bilheteria, à esquerda. Lá, mais dois casais, com aparência de intelectuais, discutem o que Élio pressupõe, a julgar pela seriedade, questões fundamentais da humanidade. Procura sentar-se longe de todos e continuar a sua leitura. Enquanto isso, conta quarenta e cinco minutos no seu relógio de pulso para decidir a melhor hora de, enfim, atravessar a porta que dá para o estúdio, uma das menores salas que comporta o teatro. Percebe que é o primeiro a entrar, mas isso não o incomoda. Senta-se numa das primeiras fileiras.

Cerca de meia dúzia de pessoas, não mais do que isso, chega logo em seguida, e a sala, mesmo pequena e com poucos lugares, não parece estar cheia. Após o terceiro sinal, as luzes da plateia se apagam, o que dispara em Élio uma ansiedade estranha, como se fosse ele a entrar em cena diante daquela gente. Quando as luzes do palco se acendem, aparece um homem de meia-idade sentado numa cadeira ao centro. Ao seu lado esquerdo está Hector, de pé, de terno e gravata e com uma prancheta na mão. Mais ao fundo, do lado direito, uma mesa comprida, à qual estão sentadas uma mulher e uma garota adolescente, uma em cada ponta. No cenário não há muito mais do que isso: duas cadeiras de escritório vazias estão colocadas no lado esquerdo e a iluminação projeta suas sombras no fundo branco, duplicando-as; do lado direito, o fundo é revestido de anúncios de jornal.

O homem no centro do palco é Fage, que há três meses procura emprego, sem sucesso. Hector é Wallace, que o entrevista para uma vaga de emprego com perguntas absurdas, enquanto ele interage também com Louise, sua esposa, e Nathalie, sua filha marxista, que afirma estar grávida de um rapaz negro. Logo no começo, Fage fala sobre si e diz ter perdido o outro filho dos dois em um acidente de carro. Não há progressão narrativa, mas discursos contínuos que às vezes se encontram, as repetições como estribilhos de falas justapostas sem muita lógica aparente. Todos os personagens permanecem sempre em cena, mesmo sem falar. Em dado momento, Élio desiste de compreender tudo que é dito, deixando-se afetar por aquela cacofonia em fragmentos. Presta atenção especial em Hector, no seu modo de atuar, na seriedade para incorporar um representante de uma multinacional numa entrevista de emprego. Imagina-se às vezes na posição de Fage, o homem de família rejeitado pelo sistema, sendo questionado por Hector. "A que horas você acorda?" "O que faz entre o momento em que se levanta e vai ao escritório?" "Quanto tempo fica no chuveiro?" "Cale-se."

Uma hora depois – Élio não percebe o tempo passar, nem chega a consultar seu relógio –, os personagens repetem falas já ditas ao longo da peça de maneira desordenada e, então, as luzes do palco se apagam, terminando o espetáculo que, ao final de tudo aquilo, não encerra nenhuma das tramas e questões que apresenta. As luzes se acendem e a plateia se levanta para aplaudir, mas sua consciência volta à cadeira três da fileira B somente quando Hector olha diretamente para ele, enquanto agradece à plateia ao lado dos outros atores.

Levanta-se num impulso e encosta debilmente uma mão na outra, sem produzir qualquer som, permitindo-se dublar pelas outras palmas. Quando estas também se enfraquecem e cessam, adianta-se e vai em direção à saída, com imagens da peça voltando à mente. Ouve o burburinho dos demais espectadores encaminhando-se à área externa e imagina que eles devam estar se perguntando sobre o destino profissional de Fage, o desfecho da gravidez de Nathalie, ou discutindo a dialética entre pertencimento e exclusão no estágio atual do capitalismo. Ele não. Pensava em apenas uma coisa e queria encerrar aquele falatório inútil imediatamente. Se tivesse coragem, bradaria a todos no salão: vocês não percebem? E o outro filho de Fage e Louise, que morre e não é sequer nomeado? Como vocês não tentam entender?

Já no espaço externo, Élio coloca, ainda um pouco atordoado, o cachecol ao redor do nariz e da boca, deixando somente os olhos à mostra. Um acidente de carro é também uma gravidez interrompida?

– Já vai? Fugindo da gente? – é Hélène que aparece na porta do teatro e faz as perguntas em tom de ironia. Está ofegante, provavelmente de correr para alcançá-lo carregando uma bolsa enorme nos ombros, onde devem estar seus equipamentos.

– Não – Élio responde, um pouco constrangido. – Não sabia se devia esperar. Muito boa a peça. Gostei muito.

– Vem, vamos sair da passagem.

Hélène caminha até a lateral do teatro, não há muita iluminação, e enfia praticamente metade do braço na bolsa à procura de algo. Não encontrando de pronto, continua com a mão dançando lá dentro, para lá e para cá, enquanto faz uma careta. Élio não sabe bem o que fazer, não tem ideia do que ela procura, então espera. Hélène encontra na bolsa, enfim, um cigarro e um isqueiro, cujo fogo ilumina brevemente o entorno.

– Hoje foi fraco – Hélène se lamenta, soltando fumaça pelo nariz. – Pouca gente, atores dispersos...

– Não percebi – Élio comenta, tirando o cachecol da boca para falar, enquanto confere se há alguém por perto os escutando. – Fiquei bastante impressionado com o Hector. Ele está muito bem no papel, né?

Hélène sorri sem mostrar os dentes, arqueando um pouco as sobrancelhas de um modo que lembra a maneira de Ísis de ficar em silêncio. Élio não sabe se ela não compreendeu seu francês ou se está zombando dele, talvez rindo por dentro. Ou pode ser que seja apenas o jeito dela de estar no mundo, sem qualquer compromisso em promover algum conforto nas suas relações, assim como não deve existir qualquer investida por parte dos outros em incluí-la naturalmente em círculos de amizade ou relacionamentos profissionais.

– Como vai sua mulher? – Hélène pergunta de repente, enquanto observa a meia dúzia que assistiu ao espetáculo ir tomando o caminho para suas casas.

– Vai bem... – Élio gagueja um pouco e torce para que Hector apareça de uma vez por todas para acabar com aquele constrangimento. – Na verdade, a gravidez dela não tem sido fácil.

– O filho é seu?

– Como assim? É claro que é meu! – responde, incrédulo, em dúvida se entendeu bem o que ela perguntou.

– Sei – Hélène faz uma pausa para dar uma última tragada no cigarro. – Hector me contou como vocês se conheceram. Dois dias depois, você aparece de repente na frente da moradia na Vaugirard. Se estivéssemos numa peça de Ionesco, eu diria *"comme c'est curieux, comme c'est bizarre, et quelle coïncidence!"*.

– O que você quer dizer? – ele pergunta, agora olhando para trás por cima do próprio ombro, como se assim fosse se livrar daquela situação mais rapidamente.

– Você que me diz, *Herr* Freud.

Hélène apaga o cigarro, larga a bolsa no chão e dá um passo para frente. Está agora bem perto dele e, em algumas frações de segundo, muitas questões nascem e morrem em Élio, que já não sabe mais para onde olhar.

– Olha, já está ficando tarde – diz Élio, mostrando seu relógio de pulso marcando dez e quinze da noite. – Ainda preciso estudar para minha apresentação do fim da semana e amanhã acordo cedo para o seminário da faculdade.

– Claro, vai lá. Tenho certeza de que voltaremos a nos ver em breve, não é?

Hélène faz que vai se despedir com um abraço, mas joga o cigarro no chão, puxa sua cabeça para perto e o beija na boca. Élio, corpo tomado pelo medo e desejo, não pensa em se desvencilhar ou virar o rosto.

– Mas o que é isso? – a voz de Hector surge ao fundo e, quando Élio se vira, é ele mesmo que se aproxima, sem mais o figurino da peça mas ainda com um resquício de maquiagem, como um soldado que avista o inimigo. – Sai de perto dela!

Sem tempo de raciocinar ou responder, sente o punho de Hector atingir o lado direito do seu rosto. Élio leva imediatamente a mão ao local atingido e com o outro braço se protege de novas investidas de Hector, afastando-se. Não há mais ninguém ali perto: os espectadores já se foram e os funcionários do teatro devem estar do lado de dentro, arrumando tudo para o dia seguinte. Hector, parecendo ser outra pessoa, e não mais aquele rapaz carismático e sedutor que havia conhecido, esbraveja contra Élio articulando bastante os braços. Quem você pensa que é? Você não tem vergonha na cara? As perguntas são tão violentas quanto imaginou que ele faria enquanto Wallace se ele fosse Fage, ou ainda mais cruas, pois excluem o verniz da ironia e da ficção. Hélène permanece imóvel, parece sorrir.

– Eu não fiz isso... – ele diz, enfim, sem ainda acreditar no que está acontecendo.

– Cala a boca! – Hector aponta o indicador na sua cara e, então, puxa Hélène pelo braço e vai embora junto com ela.

Élio, ainda paralisado, observa os vultos dos dois caminharem de costas até sumirem na penumbra do Bois de Vincennes. Continua com a mão na parte do rosto atingida, sem acreditar direito no que aconteceu.

(7)

Ao chegar a seu quarto, depois da noite catastrófica no teatro, lava o ferimento do rosto na pia e, quando nota um pequeno hematoma roxo perto dos olhos, arranca seu relógio de pulso e o joga no chão, tomado por uma fúria que até então desconhecia. O vidro protetor se espatifa e, em seguida, Élio ainda pisa nele com força para terminar de quebrá-lo.

Já passa de meia-noite, imagina. Pelo quarto, estão espalhados textos, apostilas e livros que deveria ter lido nos últimos dias para acompanhar o seminário e terminar de escrever sua fala. Em vez disso, havia se dedicado a acompanhar a vida do garoto que o ajudou em seu primeiro dia, no aeroporto, e que acabou lhe dando um soco por pensar que estava dando em cima da sua namorada. Com vergonha de si mesmo e sem entender o que o levou a tudo aquilo, Élio sente vontade de isolar-se cada vez mais, não ligar para Ísis até o fim da viagem e perder as últimas palestras do colóquio e ficar trancado no quarto do hotel, acompanhando a vida pelas janelas. Gostaria de simplesmente se deitar no chão junto com os cacos do relógio e nunca mais se levantar.

Resolve tomar banho para pensar melhor em tudo aquilo, na intensidade inquietante dos últimos dias. Enquanto se seca, o telefone do quarto começa a tocar. Élio toma um susto, amarra a toalha na cintura, mesmo não havendo mais ninguém com ele no quarto, e atende, receoso. Pergunta duas vezes para se certificar, mas é isso mesmo que ele entendeu: Hector o espera na recepção do hotel.

Sem muito tempo para pensar no que fazer, diz à recepcionista se ele pode subir. Ela assente, um pouco mal-humorada, e desliga. Élio fica alguns segundos ainda olhando para o telefone, perguntando-se se por acaso havia entendido corretamente. Mas sim, tem certeza de que ela disse o nome de Hector, só pode ser ele. E quem mais naquela cidade poderia visitá-lo? Veste-se rapidamente e se senta na cama com o coração disparado. E se ele veio para continuar o que começou no teatro, ou seja, para dar uma surra completa? Ou então para matá-lo de uma vez? Até o episódio no teatro ele não tinha dado nenhum sinal de ser agressivo com ninguém, então tudo era possível. E por que recebê-lo no quarto? Aquelas dúvidas, em vez de perturbá-lo ainda mais, curiosamente o acalmam.

Alguém bate à porta num ritmo divertido. Élio pula da cama, conta até três e abre, tentando parecer o mais tranquilo possível, como se o episódio no teatro, ocorrido apenas algumas horas antes, não tivesse passado de uma alucinação.

Ao vê-lo, Hector sorri, e abre os braços. Ele não está mais maquiado e veste uma malha diferente da que usava mais cedo, sinal de que provavelmente havia passado antes na residência estudantil para esfriar a cabeça e se trocar. Percebendo a expressão de confusão de Élio, Hector o abraça, pedindo perdão num tom confiante e quase alegre.

– Para com isso – diz Élio, desvencilhando-se do abraço com certo acanhamento. – Vem, vamos entrar. Quer beber alguma coisa? Acho que tenho algumas garrafas de vinho ainda.

Hector aceita e os dois se sentam na cama, revezando a mesma garrafa entre um silêncio e outro.

– Vocês, psicanalistas, gostam mesmo do desconhecido, né? – Hector provoca à queima-roupa, quebrando o momento de silêncio.

– Como assim? – Élio finge indiferença àquela afirmação repentina e fixa seu olhar na janela.

– Você ficou intrigado comigo. Veio até onde eu moro, quis assistir à minha peça. E você sequer me conhece. É no mínimo curioso, não? – Hector olha diretamente para o rosto de Élio, quase sem piscar.

– Antes não tivesse ido... – responde Élio sem ter certeza do que ele queria dizer com aquilo. – A peça foi muito boa, aliás. Depois que acabou, fiquei me perguntando o que teria acontecido com o filho do casal que mal é mencionado.

– Para os psicanalistas, isso deve se chamar trauma – Hector sorri, dessa vez mostrando todos os dentes, antes de dar dois grandes goles no vinho de uma vez. – Espero que o final inesperado não tenha te traumatizado.

Élio se sente testado mais uma vez e resolve não comentar.

– Posso ver isso aqui? – Hector pergunta, aproximando-se do rosto de Élio para ver seu ferimento. – Nada mal, hein? Mas antes do seu filho nascer sara.

– Você é sempre assim? Impulsivo, faz piada de tudo? – Élio pergunta, impaciente, virando o resto de vinho da garrafa.

– Eu vim aqui pedir desculpas, Élio – Hector responde. – Hélène me contou o que aconteceu. Ela às vezes passa dos limites, fica impulsiva, quando bebe e cheira muito na mesma noite, mas eu a amo. Ela é a melhor companhia que eu poderia pedir e já a perdoei.

– Bem, agora que você já pediu desculpas, talvez possa ir embora. Já está tarde, imagino – ele diz, arrependido de tê-lo convidado para beber, olhando para o pulso, como seu gesto habitual, esquecendo por um breve lapso que o relógio está quebrado no chão.

– Talvez eu tenha que ficar para ser seu despertador amanhã, você tem que acordar cedo, não é? – Hector olha para os destroços do relógio no chão e depois volta seu olhar para Élio, dessa vez sorrindo com todos os dentes à mostra.

– Ele não estava mostrando mais a hora certa – justifica-se com firmeza, numa entonação no seu entender bastante convincente.

Hector então se aproxima mais de Élio, encostando a mão direita no ferimento em seu rosto. Aquele toque, por mais que o desagrade, também o paralisa, como se a única saída fosse se deixar conduzir, sem mais vontade própria, pela conversa e pelos movimentos de Hector. Nesse momento, porém, não falam mais nada, e só continuam a se olhar. Élio deseja desviar o rosto, colocar Hector para fora do quarto e nunca mais encontrá-lo, mas prevalece a vontade de não quebrar o instante iminente, de não dar uma de covarde como sempre foi. E assim, com o corpo estático, ele se deixa beijar por Hector, que o aperta contra si. Apenas com os lábios a princípio, até que em dado momento Élio perde as forças dos músculos da boca e se deixa invadir por uma língua espessa e quente, que tateia em busca do movimento exato.

– Você também se drogou antes de vir para cá? – Élio se afasta de Hector e, tremendo, limpa a boca com as costas da mão.

Só lhe ocorre essa pergunta, pois dentro de si tudo é alvoroço. Gostaria de conseguir xingá-lo e expulsá-lo, mas continua sentado na cama com ele, ainda sem se mexer. Ao seu redor, uma cidade estranha a ele dorme.

– Me diz quem você é – Élio ordena, enfático. –Vai, fala!

Hector se levanta e vai até a janela, onde permanece voltado à cidade.

– Eu não conheço o mar – diz Hector com total tranquilidade, ainda de costas para Élio.

– Quê? – Élio balança a cabeça e percebe que talvez esteja levemente embriagado.

– Você não quer me conhecer? – Hector pergunta, virando-se para ele. – Então deve começar sabendo que eu nunca vi o mar de perto, só em foto.

Hector faz uma pausa, vai até Élio e segura suas duas mãos com doçura, sem deixar de fitá-lo.

– Isso já é um bom começo para você saber.

Hélio segundo Heitor

(cont.)

(8)

Hector encarou Élio como se o visse pela primeira vez. Piscava pouco, mas o olhar não era invasivo, pelo contrário. Élio desviou o rosto depois de um tempo e afastou suas mãos das dele. Ainda em silêncio, acomodou-se do lado esquerdo da cama, como um gesto educado de insinuar que não havia mais motivos para Hector continuar ali. Mas Hector então tirou os sapatos e se acomodou do lado direito, a princípio com hesitação; à medida que não se fazia nenhuma resistência a mais àquele avanço de território, esticou as duas pernas apoiando as costas na cabeceira. Cansados das turbulências emocionais da última hora, escorregaram quase que ao mesmo tempo para se deitarem na cama, cada um de um lado, e ficaram olhando para o teto. Às vezes, Élio suspirava.

– Eu vim para cá quando tinha três anos – Hector começou a contar, como se aquilo fosse esperado naquele momento, ainda com o olhar voltado para cima. – Aqui, França. Com minha mãe. Nasci em 1977, no Congo, em Lubumbashi. Nunca mais voltei e não me lembro de nada do período em que vivi lá, mas tenho uma vaga lembrança da viagem de avião, de achar aquilo tudo uma grande aventura e de dormir no colo da minha mãe esperando ansioso para acordar em outro país. Pode ser uma memória inventada também, não sei... Meu pai trabalhava como taxista e fazia algum tempo que juntava dinheiro para fugir dali. Ele fez isso no ano seguinte ao meu nascimento. Foi recebido pelo tio dele, que na época morava em Arnouville. Conseguiu um emprego como mecânico e, alguns meses depois, se mudou para um estúdio em Levallois-Perret. Depois eu vim com minha mãe, com três anos.

Embora sem se voltar para Hector e com o corpo totalmente rígido e imóvel, Élio fazia o esforço de guardar cada detalhe daquela história. Não ousaria interrompê-lo para não o desestimular a continuar.

– Acho que foi em 1982, por aí, que a garagem mecânica onde meu pai trabalhava precisou fechar – Hector continuou. Enquanto falava, às vezes fazia algumas pausas e, quando gesticulava, Élio se encolhia ainda mais na cama para, ocupando o menor espaço possível, evitar qualquer contato físico incidental. Seguiu: – Então nós nos mudamos para Choisy-le-Roi e, em seguida, para Val-de-Marne, já em 1983. Tenho algumas lembranças do lugar: morávamos no porão de uma garagem de reparação de carros, um lugar insalubre sem aquecedor ou água quente. Nos dias de frio, dormíamos todos juntos na mesma cama e, para tomar banho, minha mãe esquentava a água no fogão.

A Élio pareceu que Hector já havia contado de sua infância para mais de uma pessoa, visto que certas frases surgiam como que já elaboradas anteriormente e memorizadas, sem a dificuldade do instantâneo. Enquanto dizia como o pai havia se tornado pintor de casas e como eles tiveram que se mudar novamente, para Aubervilliers, por volta de 1986 ou 1987, Hector se aproximou de Élio, fazendo seus braços se encostarem. Sentiu a pele de Hector na sua e, por mais que a ideia de tocar em outras partes do seu corpo lhe causasse certa repugnância, o calor daquele contato tangencial era estranhamente agradável.

– Não dá para entender. Enquanto os dois viviam na miséria estava tudo bem. Bastou as nossas condições melhorarem um pouco para as brigas começarem. Xingavam um ao outro dos piores nomes pelos motivos mais bestas. Certa vez, minha mãe chegou a dar um tapa na cara do meu pai porque ele tinha esquecido de comprar sabão em pó. Sorte que ele não revidou – acrescentou, deixando escapar um riso efêmero pelo nariz. – Não que a carreira de pintor do meu pai tenha sido próspera, mas estávamos bem melhor. Minha irmã já tinha saído de casa para morar com uma amiga quando eles finalmente se separaram. Eu já era adolescente. Estava na fase mais conturbada da vida. Quando meu pai resolveu sair de casa, quis mudar de cidade também e foi morar em Lyon. Ficamos eu e minha mãe naquele apartamento, sem grana nenhuma.

Hector contou que a mãe foi trabalhar, na época, como faxineira em um hotel em Montmartre. Por algum motivo, continuou, foi nessa época que o teatro começou a representar uma fuga dos problemas domésticos e, posteriormente, um sentido para si mesmo. Um dos seus únicos amigos do Liceu o convidou para fazer parte de um grupo amador e, pela primeira vez desde que chegou à França, ou seja, pela primeira vez na sua vida, ele se sentiu integrado a um grupo, e ainda por cima no mesmo momento em que seu núcleo familiar havia acabado de se desmantelar.

– A primeira peça que apresentamos oficialmente foi *O doente imaginário*, do Molière – Hector seguiu contando, agora deitado apoiando-se no braço direito, voltado para Élio, sem mais se encostarem. – Meu amigo fazia Argan e eu fazia Bérald. Um professor de teatro por acaso assistiu ao espetáculo e me convidou para ser seu aluno bolsista. Foi minha primeira sorte na vida. Ele disse com convicção que eu seria ator sem sombra de dúvida e que, se eu tivesse quaisquer outros planos profissionais, que eu deveria abandoná-los. Quando um completo estranho nos diz coisas com tanta certeza, só nos resta acreditar, não é?

Hector deu uma de suas risadas estrondosas, que punha a caixa torácica feito sanfona. Nessa hora, Élio reparou, com o canto do olho, que os pés do garoto se acomodavam de tal maneira entrelaçados e espaçosos que, ao sinal de qualquer movimento, por mais sutil que fosse, eles esbarrariam nos seus.

– E Hélène? Foi sua segunda sorte na vida? – perguntou Élio, na primeira vez que falava alguma coisa em muito tempo. Não sabia exatamente o que desejava ouvir como resposta.

– Ela é francesa mesmo – comentou Hector. – Nasceu em Royan e veio para Paris estudar. Desde que chegou, pedem que a chamem pelo nome que escolheu. Os pais dela...

Hector não completou a frase, e nem precisou. Élio entendeu. Hector se levantou e abriu as janelas. Perguntou se podia fumar e Élio assentiu com a cabeça. Entrou um ar gelado e uma sirene de ambulância ao longe, pelo menos a umas cinco quadras dali. Apenas aquele som em movimento dizia que o tempo não estava suspenso.

– Você ainda fala com seus pais? – Élio, enfim, perguntou, quando percebeu que Hector havia acabado o cigarro.

Hector se ajeitou na cama na exata posição em que havia se acomodado antes de levantar. Deitado ao seu lado novamente, contou que sua mãe conheceu um turista austríaco que se hospedou naquele mesmo hotel onde ela trabalhava, mas já como recepcionista. Os dois se apaixonaram e eles agora viviam em Viena. Foi de lá, disse Hector, que eu voltava quando conheci você. O pai havia falecido no ano passado, câncer de pâncreas descoberto tardiamente. Em Lyon, havia deixado sua nova família: uma esposa e um casal de filhos, o menino com sete anos e a menina com cinco.

Élio encostou sua cabeça no ombro de Hector, talvez como um modo de dizer "sinto muito" pelo pai. Não mais que um minuto depois, Hector se desvencilhou e, de uma só vez, jogou seu corpo em cima do de Élio. O cheiro de Hector, um aroma que parecia uma mistura de lavanda com baunilha, invadiu suas narinas; sua respiração mais pesada serviu como uma espécie de contrapeso àquele corpo de um metro e oitenta em cima do seu. O medo da novidade funcionava como combustível de um êxtase inevitável.

Com os joelhos comprimindo o quadril de Élio e os braços apoiados no travesseiro, Hector foi aos poucos se aproximando, ventre contra ventre, peito no peito, sexos roçando através das roupas, até que seus lábios se tocaram novamente – desta vez, sem resistência – num beijo ao mesmo tempo ávido e demorado, que se prolongou enquanto Hector tratou de tirar as roupas dos dois.

Élio às vezes não se dava conta de quais fragmentos de pele friccionavam. Às vezes, ele se esquecia completamente de onde estava, com quem estava, a fim de se concentrar nas expressões de prazer que conseguia provocar. Quando o rosto de Hector se contorcia, quando ele perdia o ar e não mais conseguia controlar os músculos faciais nem a tendência dos olhos de se perderem na órbita, quando Hector abria a boca de tal maneira que se podia enxergar seu interior, Élio também acabava perdendo o controle e ejaculava dentro dele. Quando se cansaram, enfim, ficaram os dois deitados na cama por cerca de uma hora. Encostavam-se casualmente, quando assim as posições de cada um, por coincidência, ficavam alinhadas. Enquanto isso, Élio só conseguia prestar atenção na respiração ritmada de Hector, que conseguiu cochilar um pouco antes de o despertador tocar.

(9)

O dia começou antes do amanhecer e, assim que Hector abriu os olhos, Élio perguntou, enquanto trocava de roupa, se ele gostaria de tomar café da manhã com ele fora do hotel. Decidiram, então, caminhar juntos por um quarteirão até pararem num café na própria rua Lecourbe, quase chegando ao Boulevard Pasteur, onde pegariam depois o metrô para a faculdade. A conversa entre os dois, até o momento em que pediram dois cafés e dois croissants, se restringiu a diálogos curtos e protocolares. "Que horas você precisa chegar?" "Não esquece sua carteira." "Vai passar para trocar de roupa?" "Está mais frio hoje, né?" Até mesmo Hector, com sua personalidade mais expansiva, preferiu se retrair enquanto durou esse período de sonolência e estranhamento. Durante o intervalo entre o despertar e o café, Élio não conseguia parar de se perguntar se Hector estaria se sentindo mais culpado pela traição à Hélène do que ele pela traição à Ísis.

Hector devorou o croissant em menos de meio minuto e pediu outro à garçonete. Enquanto isso, Élio custava a terminar o seu e, se pudesse, deixaria metade no prato, terminaria o café e sairia logo dali. Seu estômago, como um saco retorcido, parecia não aceitar qualquer alimento. Com o corpo voltado para fora da mesa, reparou que a garçonete estava de blusa bege e saia com estampa xadrez, contrastando com o frio que fazia lá fora, e agora conversava confortavelmente no balcão com o que parecia ser o gerente do lugar.

Élio vinha evitando encarar Hector diretamente, pois sentia que seria sugado por seu semblante e poderia acabar recusando até mesmo a metade de croissant já ingerida. Ignorar sua presença, porém, trazia de volta imagens de poucas horas atrás: o garoto recém-saído da adolescência, nu, suado, gemendo sob seu corpo. Parecia não ser o mesmo Hector que tinha à sua frente, coberto com uma malha de lã grossa e a fina polidez da língua francesa, o filho de imigrantes que havia experimentado inúmeras dificuldades e privações até se sentir minimamente confortável, já no começo de sua vida adulta, naquele país e naquela cultura.

– Vou precisar de mais três cafés para acordar – disse Hector, modulando sua voz agora no seu característico tom bem-humorado. – Que loucura...

– Você ainda descansou um pouco, eu não dormi nada – rebateu prontamente Élio, sem se preocupar tanto com os vários significados que a frase poderia despertar na cabeça de seu interlocutor.

– Preocupado com alguma coisa? – perguntou Hector, enquanto entornava o resto de café na sua boca com uma mão e tamborilava na mesa com a outra. Tirou o olhar da vidraça, por onde se podia observar uma Paris fria e cinzenta despertando pouco a pouco, e fitou Élio diretamente nos olhos. – Foi algo que aconteceu que tirou seu sono?

– Não... Nada para me preocupar – respondeu Élio, forçando um sorriso. – Pelo menos por enquanto.

Apesar do pensamento moroso, suas preocupações se enfileiravam para ocupar o espaço vazio deixado pelos ecos da madrugada. Élio pensava sobretudo em como havia sido relapso com o colóquio e em como isso poderia prejudicar sua carreira. Aquela era sua oportunidade de dar um passo à frente na sua ainda embrionária profissão de psicanalista.

Depois que Élio pagou a conta, encaminharam-se à linha seis do metrô. Tinha a impressão de que Hector pouco a pouco se livrava do sono ou qualquer culpa que teria carregado na primeira hora do dia. Apesar disso, ele não estava tão falante quanto de costume e parecia aplicar sua energia efusiva nos atos de assobiar e cantar trechos de músicas aleatórias. Permaneceram sem se falar até a Montparnasse e, para tentar abstrair os assovios e as cantaroladas de Hector, Élio prestava atenção nos cochichos dos outros passageiros.

– Acha que já conseguiu me perdoar pelo soco? – perguntou Hector de chofre, sorrindo e com as sobrancelhas bem arqueadas, rompendo o silêncio prolongado entre os dois.

– O que você acha? – sem saber ao certo como lhe ocorreu aquela pergunta retórica, Élio se orgulhou de tê-la formulado tão rapidamente.

Hector riu. Bateu duas vezes sutilmente no ombro de Élio, depois o envolveu com um abraço de lado, efêmero, agarrando com certa força seu braço esquerdo por alguns segundos. Claro que tudo isso é uma grande brincadeira, pensou Élio. A cada parada, o metrô ia ficando mais lotado e Élio e Hector eram obrigados a ficar mais próximos. Respirando do mesmo ar, tão perto um do outro, Élio teve a sensação de que nada mais importava do que se dissesse dali em diante e que nada daquilo teria consequências na sua realidade quando aquela semana finalmente acabasse. Mesmo assim, tinha vontade de dizer e perguntar muitas coisas ainda. Queria decifrá-lo e não conseguia.

– Para mim isso é tão inédito quanto para você – disse Élio, depois de meditar um pouco, quando o metrô parava já na Place d'Italie. A frase havia sido planejada de diversas maneiras em sua cabeça, e todas elas eram mais diretas do que a que acabou saindo.

– Como assim? – Hector se apoiou num dos assentos do vagão, de modo que eles puderam ficar frente a frente.

– Imagino que com Hélène... O jeito de... – Élio hesitou e logo se arrependeu de ter entrado nesse detalhe dentro de um transporte coletivo.

– Ah, não... Fazemos igual – respondeu Hector com um tom e uma expressão impassíveis – Se eu entendi bem o que você disse, e se é que você me entende.

Naquele momento, a ideia de beijá-lo, de tocar em sua pele e em cada parte do seu corpo de novo lhe causava repulsa. Para eliminá-lo de seu campo de visão, Élio se virou de novo para o outro lado e assim continuou até chegaram à Quai de la Gare, onde trocaram ainda algumas palavras antes de decidirem ir a pé à universidade pelas margens do Sena.

– Escuta, meu amigo, a Hélène deve estar me esperando no pátio e acho melhor não chegarmos juntos – Hector parou no meio do caminho chegando ao cruzamento da Thomas Mann com a Marguerite Duras. – Temos um acordo de não misturarmos as coisas, quer dizer, as pessoas com quem nos relacionamos, entendeu? A não ser que seja um combinado conjunto.

Élio assentiu com a cabeça, como se aquele pedido fosse óbvio e nem devesse ser verbalizado.

– Se quiser, passa lá na residência hoje à noite – convidou Hector antes de sumir entre os estudantes que conversavam e fumavam no pátio central dos Grands Moulins.

(10)

Naquele dia, a primeira apresentação tratou da rivalidade entre a Associação Mundial de Psicanálise e a Associação Internacional de Psicanálise, seguida de um exame sobre a Sociedade de Ajuda Mútua Contra o Discurso Analítico. Élio se lembrava de já ter visto as siglas que apareciam nas apresentações em alguns livros que aludiam às contradições das instituições, porém sem dar muita atenção. Apesar de seu estado modorrento, estava decidido a se agarrar a elas e absorver todo o conteúdo que fosse possível naquela manhã, o que lhe permitiria evitar qualquer pensamento que tangenciasse a figura de Hector.

Reteve cada palavra que pôde do argentino com francês quase impecável, tomava notas extensas de todos os conceitos de que ele lançava mão, mesmo os já estudados à exaustão em seus anos de formação, e das atualizações que ele trazia sobre os debates em torno de indicações e contraindicações da análise. A partir de seu "*pour conclure*", porém, não prestou atenção em mais nada, uma vez que o dominou a visão do que seria dele dali a dois dias: em vez do argentino, era ele quem estaria à frente de todos; como num pesadelo, as palavras cairiam ao chão, as siglas se embaralhavam, e resmungos dos demais participantes do colóquio seriam ouvidos; sem seu relógio de pulso, ele perderia o controle até que o Monsieur Bégot, o francês magricela que coordenava a programação, precisasse interromper seu discurso frouxo e confuso, alegando que o tempo havia se esgotado.

As palmas vieram e, quando o argentino agradeceu em três idiomas (espanhol, inglês e francês), Élio se lembrou de onde estava. Olhou para seu caderno e, ao folheá-lo, percebeu que em nenhuma das apresentações a que havia assistido foi possível acompanhar as exposições do início ao fim. Espaços em branco indicavam os lapsos da sua concentração, geralmente entre a segunda e a terceira parte do desenvolvimento, mas às vezes também logo depois da introdução. Ficou com a impressão de que seus últimos dias foram uma pequena representação de seus trinta e cinco anos: uma quase especialização, um quase amante, um quase país, um quase filho.

No horário de almoço, em vez de ir ao refeitório junto de seus colegas, Élio se direcionou à sala de coordenação, onde provavelmente estaria Monsieur Bégot. Ensaiava o que diria enquanto subia pelas escadas: "estou com um problema gravíssimo, minha mulher corre o risco de perder o bebê"; ou "creio que houve um mal-entendido, me disseram que minha apresentação não teria espaço no colóquio porque não sei falar francês fluentemente"; ou "fui enganado por um congolense, perdi tudo que tinha e preciso voltar imediatamente ao meu país".

Chegando lá, porém, quando Bégot veio com uma expressão facial que transparecia certa irritação e que demandava um bom motivo para ele ter aparecido sem horário marcado, Élio só conseguiu dizer:

– Desculpe incomodá-lo – começou Élio –, mas vou adiar meu voo. Gostaria de me colocar à disposição da universidade para os dias que sucederem o fim do colóquio.

Na volta ao hotel, tentava se convencer de que havia tomado a melhor decisão. Chegou ao seu quarto com o corpo moído, mas também tomado de um alento misterioso: faria seu melhor no dia do seminário, ainda que precisasse faltar às outras apresentações e perder mais noites de sono. Jogou seus livros na cama e começou a organizá-los. Abriu sua pasta com as transparências que havia preparado para mostrar e registros dos principais temas de que precisaria tratar – Élio deveria falar sobre a fundação do Centro de Estudos Freudianos, em São Paulo, e do Colégio Freudiano do Rio de Janeiro um mês depois – e passou a esquematizar sua fala dali a dois dias.

Não demorou muito para se ver tomado por milhares de referências, citações, notas de rodapé. Como não havia tempo para ler todos os textos que pretendia, embrenhava-se em livros grossos e complexos na mesma cama em que havia se deitado com Hector horas antes. Saltava as páginas grifando frases e destacando-as em folhas à parte, que posteriormente pendurava nas paredes do quarto na ordem que seriam citadas. Esquecia-se do sono e da fome, suava como se fizesse esforço físico e, em dado momento, se despiu completamente para continuar. Ao longo da tarde, aquele modesto recinto ganhava, além das já permanentes manchas na cama, marcas em todos os espaços disponíveis: frases copiadas dos livros ligadas por setas, ideias em tópicos, palavras traduzidas, o esqueleto de uma fala. Folhas se espalhavam pelo chão e eram penduradas pelas quatro paredes. Élio se viu nu, sem atinar para o cansaço, andando na ponta dos pés, modelando e remodelando a disposição do seu raciocínio até terminarem os papéis de que dispunha.

Quando se deu por satisfeito, vestiu-se para descer ao saguão de entrada do hotel e pedir mais papel à recepção, caso precisasse fazer novas anotações. Lá estava pendurado o relógio anunciando que eram oito da noite. Lembrou que não havia comido nada desde o café com Hector e seu convite para ir à residência universitária. Voltou a ficar irrequieto, sem foco, e, mesmo de volta ao quarto com um calhamaço na mão, não conseguiu mais escrever nem ler nada. Permaneceu um tempo imóvel olhando os livros revirados na cama e as folhas penduradas. Ensaiou algum movimento naquela dança urgente, mas logo se deteve – a imagem de Hector esperando por ele o paralisava e inibia seu empenho. Guardou tudo de volta na sua pasta e decidiu que o trabalho poderia esperar até o dia seguinte.

Meia hora depois já estava em frente à residência universitária da Vaugirard. A *concierge* o reconheceu e logo o deixou entrar, sem fazer mais perguntas. Daquela vez, soube dizer qual Hector procurava: aquele que morava com Hélène. Ela indicou o caminho, primeira porta à esquerda, pegue o elevador em frente à lavanderia comunitária e suba ao sétimo andar. A ansiedade era tanta que parecia que alguém havia enfiado uma faca entre seu umbigo e seu tórax. Quando as duas estudantes universitárias desceram no quinto andar e desejaram "*bonne soirée*", ele abriu a boca para responder e só saiu um murmúrio semelhante ao de alguém com respiração ofegante.

Hector abriu a porta com uma toalha enrolada na cintura e com os cabelos ainda molhados. Nem bem entrou no quarto,

Élio se ajoelhou e, como para evitar qualquer diálogo, tratou de tirar logo a toalha da frente. Evitava pensar muito no que preenchia sua boca e tocava a garganta. Embora estivesse concentrado demais para reparar quando Hector havia fechado a porta, percebeu que a água do chuveiro continuava ligada. Pouco depois, Hélène saiu do banheiro com uma tolha amarrada apenas na cabeça e começou a beijar por trás o pescoço de Hector, que nessa hora pegou com as duas mãos na cabeça de Élio para que ele continuasse o que estava fazendo.

(11)

Dois dias depois, Élio chegou à universidade muito antes da hora marcada para sua apresentação. No pátio central dos Grands Moulins não havia senão alguns funcionários da universidade e um ou outro estudante com expressões cansadas, que provavelmente madrugaram para estudar na biblioteca antes dos horários de maior movimentação. Embora a temperatura não tivesse variado muito durante a semana mais longa de sua vida, Élio sentia naquela manhã um frio mais cortante do que nos outros dias e não suportou ficar muito tempo do lado de fora do prédio. A sala reservada ao colóquio ainda estava trancada, o que permitiu que conferisse, mais uma vez, se havia trazido todas as transparências e as notas para guiar sua fala.

Enquanto verificava os materiais que guardava em sua pasta, misturavam-se dentro de si uma grande inquietação e uma leve melancolia. No dia anterior, depois de considerar terminada a sua tarefa maior, havia ligado para Ísis. Perguntou como ela estava, se estava bem, feliz e saudável, ao que ela respondeu que o cansaço e o desconforto eram cada vez maiores, mas que o amor por aquela criatura que sugava suas energias crescia dia após dia e que não via a hora de envolvê-la nos braços. Élio comentou que tinha vivido só de expectativas nos últimos tempos e que não sabia se se animava ou se frustrava com a iminente concretização dos planos.

Havia passado todo o dia anterior a elaborar o mais bem construído, instrutivo e lógico raciocínio que podia, talvez como maneira de compensar o caos afetivo em que havia mergulhado durante aquela noite na residência universitária. Como maneira de apagar a cena a que, perplexo, havia assistido: Hélène e Hector rolando na cama e o convidando, entre risadas e gemidos, para que se juntasse a eles. Ele até havia ensaiado desabotoar a camisa, tirar o sapato e as meias, afrouxar a calça na cintura, mas, descrente do que estava acontecendo e sem saber qual seria sua participação naquele jogo, se despia com o vagar dos prescindíveis. Por fim, limitou-se a se tocar sozinho no canto oposto do quarto onde ficava a cama, consolando-se com a hipótese de que o espetáculo particular havia sido concebido exclusivamente para ele.

Foi ao banheiro, antes de sair furtivamente, buscar papel para limpar o que havia espirrado no chão e parou para observar um instante os dois estirados, com seus corpos satisfeitos e relaxados. Apenas quando eles se deitaram lado a lado na cama e adormeceram, Élio teve a coragem de se aproximar para revirar as roupas de Hector em busca da chave.

Debaixo do chuveiro, já no quarto do hotel, esfregava-se com força, como se as marcas estivessem gravadas na sua pele e pudessem ser apagadas com sabão. Então, tomou um relaxante muscular e logo apagou. No dia seguinte, acordou mais descansado e, depois de duas xícaras de café forte, voltou a se mexer de um lado para o outro do quarto, construindo ao longo de todo o dia a arquitetura do seminário que poderia, enfim, redimi-lo ou comprovar sua mediocridade.

Agora, aguardava a abertura da sala por algum professor ou funcionário e, à medida que percebia o sol avançar pelo corredor e iluminar pouco a pouco o interior do prédio, ainda com quase todas as luzes apagadas, conferia as horas no relógio pendurado perto da escada, de onde ecoavam cada vez mais passos e se ouvia a movimentação crescente dos estudantes. A sombra do que havia acontecido persistia tanto nos silêncios intermitentes quanto nos burburinhos da manhã, que o levavam de volta àquele quarto da residência estudantil da rue Vaugirard, Hélène em cima de Hector e ele se masturbando a certa distância, estimulado não pelo que via, mas pelo que deduzia do que significava o desejo de um pelo outro e o deles por si mesmo naquela posição de espectador. Comparava os movimentos de Hélène com os seus no quarto de hotel, sobre o mesmo Hector, assim como a intensidade de suas reações.

– *Bonjour, monsieur* – desejou Bégot enquanto abria a porta, esbaforido, interrompendo seus pensamentos. – Chegou cedo, que bom! Pretendia chegar antes também, mas...

Bégot entrou na sala e, enquanto arrumava suas coisas sobre a mesa, falava sem parar sobre os problemas técnicos na linha catorze. Élio atravessava a porta quando uma mão tocou no seu ombro e, ao se virar, Hector se materializou com feições muito sérias. Ficou tão surpreso com sua presença que só conseguiu olhar para dentro da sala e para os lados, e depois puxá-lo para um canto do lado de fora. Ia perguntar-lhe o que havia acontecido, como ele o havia encontrado ali, mas Hector, muito agitado, se pôs a despejar palavras quase sem respirar, com movimentos mais contidos e represando o pranto nos olhos:

– Hélène me deixou... Foi embora enquanto eu dormia. Me escreveu um bilhete enigmático. Não entendi bem, mas gravei bem essas palavras: ela dizia que quando uma nova história começa é preciso encerrar outra, que nunca se deve deixar de recriar o amor. Algo assim.

Élio o abraçou, mas não soube o que dizer. O corpo de Hector foi amolecendo junto ao seu e ele pareceu se acalmar com aquele contato. Depois, ainda no corredor, Hector perguntou quem era o professor responsável; Élio apontou discretamente para o Monsieur Bégot, já dentro da sala. Hector foi até ele e, após uma troca breve de palavras, Bégot fez um gesto impaciente, como que pedindo para que ele se sentasse onde quisesse desde que não atrapalhasse.

Com a presença de Hector, seu mal-estar físico e mental se dissolveu, dando lugar a um estado de tensão e constante alerta. Precisou se ater às anotações, o que provavelmente deixou sua fala um pouco mecânica e enfadonha. Atrapalhou-se duas ou três vezes com palavras mais complicadas em francês, repetiu alguns cacoetes e teve a impressão de que ninguém mais o ouvia após dez minutos – exceto Hector, que, no fundo da sala e com olhar fixo nele, o ajudou a conceber um único e certo interlocutor.

Enquanto se escutava falando àquela turma de jovens psicanalistas, contudo, suas palavras deixaram de fazer qualquer sentido. Falava, falava, e só o que ouvia de si mesmo era um encadeamento de frases lógicas, corretas, mas frouxas e vazias. Quando olhou para o slide que apresentava à classe, não conseguiu mais ler o que estava escrito. Tentou retomar suas anotações, mas elas pareciam fora de propósito, bagunçadas, embora permanecessem exatamente na mesma ordem que as havia deixado. Gaguejou, silenciou, recomeçou, silenciou de novo. Os ouvintes e o professor se entreolharam, aparentando desconforto. Começou a suar e, como que para encontrar um ponto de concentração, olhou para os olhos de Hector. Seus contornos se destacaram do restante dos ouvintes: sua cor, sua sexualidade, sua origem. E tudo o que havia estudado até então o excluía. Veio-lhe à mente não mais o que havia preparado e o que todos esperavam ouvir, mas o que lhe parecia mais importante dizer naquele momento:

– Infelizmente, apesar de grandes avanços nos últimos anos, ainda prevalece – seguiu, como se estivesse retomando o raciocínio anterior –, uma tradição de não ditos sobre a presença ou não de psicanalistas homossexuais em sociedades psicanalíticas filiadas à IPA. Com a Sociedade Brasileira de Psicanálise de São Paulo não é diferente: as políticas de admissão seguem nebulosas dentro dos circuitos ortodoxos de formação, embora muito se tenha avançado. Eles não têm uma justificativa clara para essa exclusão tácita, mas muitos ainda acreditam com convicção, às vésperas do século XXI, que homossexuais não seriam capazes de atuar como psicanalistas.

Hector agora sorria e quase nem piscava. Com expressões de perplexidade, Bégot e os demais colegas pareciam procurar a melhor oportunidade para interrompê-lo. Quanto mais eles acreditassem que Élio havia enlouquecido, mais crescia sua disposição para, de maneira prazerosa, despejar o discurso que tinha na ponta da língua do qual nem ele mesmo sabia.

– Viva Richard Isay e Ralph Roughton – exclamou, como estivesse se dirigindo a uma multidão.

Quando terminou, soube que sua apresentação seria excluída do histórico do colóquio, o que lhe imporia algumas dificuldades para continuar frequentando eventos acadêmicos e publicando artigos a partir de estudos próprios. Naquela noite mesmo, Élio remarcou sua passagem, prevista para dali a dois dias, adiando-a para uma semana depois, e estendeu sua estada no hotel – a mentira que havia contado a Bégot se concretizava, enfim.

Decidiu que contaria à Ísis somente no dia seguinte. A vida anterior à viagem parecia ter se diluído naquele momento.

(12)

Hector acordou Élio com um beijo na testa, levantou-se da cama com uma longa espreguiçada e foi à minúscula cozinha do seu apartamento colocar a água para ferver. Enquanto esperava o líquido borbulhar, abriu a geladeira e bebeu direto da garrafa de suco. Depois, pegou na estante um amontoado de folhas grampeadas que continham o texto de *A cantora careca*, peça que estava ensaiando naquela semana, e passou a recitar suas falas, como já tinha feito em outras manhãs.

O vigor experimentado por ouvir as palavras brotando da boca de Hector de maneira tão bela e natural era tal que ele, enquanto a declamação durava, deixava de se culpar pela decisão de ficar em Paris mais alguns dias. A cada noite de amor, a cada manhã de textos lidos em voz alta – sempre de uma forma diferente –, seu desejo por Hector se renovava, e a balança ia pendendo, pouco a pouco, para aquela vida sem planejamentos. Não que deixasse de pensar em Ísis ou em seu filho, ou mesmo no seu futuro profissional, mas esse já parecia um futuro opaco, sem consistência e talvez menos definitivo do que via ali, bem na sua frente: um jovem estudante de artes cênicas por quem, desde o primeiro minuto, e em contraste com os seus trinta e cinco anos de uma vida sem tropeços e êxtases, proporcionou a ele a sensação de seguir as linhas de um roteiro ainda sem um final planejado.

– Não esquece que hoje à noite combinei na casa do Laïos – comentou Hector, enquanto mastigava um pedaço de pão. – Se sairmos daqui às oito deve dar tempo. Eu saio por volta das seis do ensaio.

Repousando a xícara de café na mesa, Élio assentiu com a cabeça e sorriu, mas seu estômago se revirava de ansiedade. Pensar que o relacionamento com Hector pudesse envolver a interação com terceiros, amigos da mesma idade dele, falando numa língua que não dominava, ia na contramão do conforto dos últimos dias.

Às seis e meia, Hector chegou mais agitado que o normal. Ao perceber sua afobação pela maneira com que abriu a porta e pendurou seu casaco na entrada, Élio indagou quase cochichando o que havia acontecido.

– Dia complicado, dia complicado – respondeu Hector sacudindo a cabeça, enquanto tirava os sapatos. – Depois o diretor adia de novo a estreia por falta de sincronicidade... Tem gente que ainda não entendeu que a deixa é levantar a bola para o outro cortar. Hoje preciso beber!

Laïos morava em Aubervilliers, o que dava meia hora de metrô saindo da residência e mais vinte minutos andando depois do desembarque na Front Populaire. A comuna tinha uma atmosfera áspera e angular e os moradores que ainda circulavam pela rua àquela hora da noite pareciam acuados. Ainda do lado de fora do conjunto habitacional era possível escutar a música alta que se propagava desde o apartamento de Laïos. Batidas de rap, conversas e risadas ecoavam pela área externa, limitada a algumas árvores tímidas e espaçadas num grande pátio de concreto. Dentro do prédio, todo cinza e com alguns detalhes em vermelho, estava escuro e abafado. Como o elevador não estava funcionando, subiram cinco andares de escada, cheirando a mofo e iluminada apenas por uma luzinha de emergência fraca. O som da música e das risadas ia ficando cada vez mais alto à medida que subia e seu estômago, revirando-se novamente, parecia absorver a frequência acelerada dos seus batimentos cardíacos.

Chegando ao quinto andar, a porta estava entreaberta, de onde escapavam a música alta e fumaça. Hector se adiantou, com o sorriso no rosto, e abriu a porta como se fosse sua própria casa. Lá dentro fazia bastante calor. Para recuperar o fôlego e ganhar tempo de entender melhor a situação em que se encontrava, Élio foi cauteloso e se deteve por um tempo na entrada. Enquanto se livrava de seus vários casacos, aproveitou para examinar, num relance, o cenário: garotos e garotas dançando perto do aparelho de som; outros, próximos da área da cozinha, entornando de uma vez uma bebida que parecia ser tequila; um grupo de três rapazes jogando baralho e fumando; uma garota no colo de outro garoto sentado no chão. Duas meninas se beijando freneticamente na janela. Era como se naquele espaço a intimidade entre quem estava ali – jovens universitários nos seus vinte e poucos anos – fosse tal que ninguém se importava com nada ao redor.

Hector logo o apresentou a Laïos, um rapaz alto, vestido com roupas de grife e exalando um perfume amadeirado. Ele se limitou a apertar sua mão com força, sem dizer nada, como se esperasse uma explicação de Hector sobre o convidado inesperado antes de trocar qualquer palavra. Mas a explicação não veio. Os dois começaram a conversar em francês com tamanha rapidez e uso de gírias que Élio só foi capaz de pescar uma palavra ou outra, não suficientes para entender a conversa. Hector seguiu cumprimentando seus amigos – ou "parceiros da vida", como ele dizia, sem dar maiores explicações – Élio ia atrás, sendo apresentado a uma dezena de pessoas que não aparentavam estar em condições físicas e mentais para se lembrarem do seu nome cinco minutos depois. A sala tinha uma porta para a cozinha, onde se amontoavam mais convidados bebendo um vinho barato qualquer e um pequeno corredor com duas portas no final.

– Ali a putaria rola solta – disse a Élio uma garota apoiada na parede com a cabeça repleta de tranças, sem modificar suas feições e apontando para os dois quartos.

Hector riu, passou os braços por cima de seu ombro, mas logo o deixou sozinho num canto. Circulava entre seus amigos com extroversão e confiança, sempre com uma garrafa de vinho na mão. Enquanto isso, Élio ficava de pé na sala, parado feito um móvel onde algum bêbado esbarrava de vez em quando, observando a movimentação e acompanhando com os olhos os passos de Hector. Algumas vezes, Élio o perdia de vista e se perguntava se ele estaria circulando pelos tais quartos no fundo do corredor. Quando o encontrava novamente, às vezes fumando um cigarro junto com o grupo perto da janela, outras vezes na cozinha comendo os petiscos jogados em cima da pia, tentava se aproximar. Hector, no entanto, parecia estar se divertindo sem ele e sua indiferença soava como um convite para que ele interagisse por conta própria.

Em dado momento, Élio tentou isolar-se dos demais convidados. Encolhido no sofá perto da janela, onde os fumantes vinham acender seus cigarros e às vezes puxavam assunto, ele só levantava a cabeça quando via Hector passando por seu campo de visão. Então decidiu fechar os olhos para fingir que havia bebido demais e que estava dormindo – assim ninguém viria incomodá-lo. Pegou de fato no sono algumas vezes, apesar da música e das vozes cada vez mais altas. Quando surgia um barulho incomum, como um copo quebrando ou uma risada mais estridente, acordava por segundos e depois voltava a fechar os olhos. De repente, ouviu gritos masculinos coléricos vindos de um dos quartos e arregalou os olhos de vez. Todos acharam que se tratava de alguma brincadeira, mas logo mudaram de ideia quando os gritos se tornaram mais agressivos e uma porta bateu com força. Houve uma confusão estranha de pessoas se esbarrando e desviando umas das outras, até que Hector assomou à sala exaltado, com o nariz sangrando, e cruzou as pessoas da sala propagando xingamentos a Laïos. Alguns tentando entender o que estava acontecendo, outros recriminando a atitude de Hector, que ao avistar Élio foi como um míssil em sua direção, segurou seu braço e passou a repetir, com os olhos esbugalhados "esse filho da puta queria roubar meu dinheiro!". Mesmo sem conseguir reagir, Élio pôde perceber o alvoroço ao seu redor, pessoas se amontoando em outras partes da sala para evitar chegar perto daquele que julgavam ser o epicentro da confusão.

– Babaca! – berrou Laïos, surgindo na porta da sala.

Élio, que até então tinha ficado paralisado, percebeu que era preciso agir. Puxou Hector para a porta de saída, afastando as pessoas da sua frente, pegou os casacos que conseguiu e saiu correndo escada abaixo com as mãos entrelaçadas com as dele.

No trajeto de volta, Hector continuava agitado e com a cabeça ainda na festa e em Laïos. Repetia a mesma história várias vezes, chorava enquanto contava, sempre gesticulando muito e usando os mesmos palavrões para se referir ao ex-amigo. Parecia estar alterado por excesso de bebidas e talvez drogas. Uma meia dúzia de vezes, Élio precisou pedir para que falasse mais baixo e parasse de xingar dentro do metrô para não chamar atenção dos outros passageiros. Chegar ao hotel nunca representou tamanho alívio.

– Há um recado da sua esposa – avisou o recepcionista quando eles cruzaram a porta, Hector meio cambaleante.

Élio se apressou para pegar o telefone. Enquanto escuta a mensagem gravada de Ísis, sente que seu corpo perde todas as forças.

– Preciso ir embora daqui – anunciou Élio a Hector, esforçando-se para segurar o choro, depois de devolver o telefone ao recepcionista.

(13)

– Está acontecendo de novo! Está acontecendo de novo! – Hector exclamava, chorando, enquanto socava a cama do quarto do hotel. – Ninguém me suporta!

Élio se aproximou e colocou a mão sobre o seu ombro para tentar acalmá-lo.

– Não precisa ter pena de mim – disse, pegando seu casaco. – Eu sei que tenho problemas de impulsividade e quando eu bebo... Eu sempre me apaixono por quem eu acho que vai me compreender.

Élio, nessa hora, também sentiu vontade de chorar. Pensou no filho em risco e na sua ausência antes mesmo de ele nascer.

– Eu compreendo você – respondeu com calma. – Mas você está distorcendo as coisas. Minha esposa tem altas chances de perder o bebê, ela está num hospital e eu estou aqui...

– Que coincidência, não? – ironizou Hector, com as feições alteradas. – Uma ligação pedindo para você voltar justamente agora.

Hector respirou fundo, secou as lágrimas do rosto e abriu a porta do quarto. Com a mão ainda na maçaneta, disse:

– Quantas vezes você ligou para sua esposa enquanto estávamos vivendo dias só nós dois? Nenhuma. Então vai lá. Eu também acho que é hora de você voltar mesmo.

Depois que Hector saiu batendo a porta, não se viram por três dias e três noites. Élio não conseguiu antecipar sua passagem para o dia seguinte e, para evitar pagar uma multa estratosférica, encaixou sua volta para um voo dali a setenta e duas horas. Não pôde deixar de imaginar, durante esse período em que ficou sozinho e ocioso, inúmeras formas de ter detido Hector no quarto para continuarem a conversa depois que o efeito da mistura química na cabeça dele tivesse passado. Chegou a pensar que tê-lo chamado de egoísta, desequilibrado ou instável seria melhor do que o silêncio inerte. Passava horas e horas alternando sua preocupação e dedicação mental entre Hector e Ísis, que estava internada, em observação, devido a um quadro de hipertensão gestacional. Conseguia falar com ela por telefone algumas poucas vezes, mas as conversas não se aprofundavam. Percebia, pelo seu tom de voz, que ela estava irritada e decepcionada com ele e, embora não tivesse como conhecer todos os detalhes, parecia saber que havia sido traída.

Um dia antes da sua volta, Élio decidiu sair do quarto e respirar um pouco a cidade, como uma espécie de encerramento da sua aventura. Mas enquanto caminhava sem rumo, percebeu que não queria deixar aquela cidade, aquela história, ignorar o desfecho inacabado, voltar ao Brasil sem nunca ter sabido o que houve com o garoto com quem ficou envolvido por duas semanas. Às pressas, decidido, seguiu caminhando pela rua. Não quis pegar o metrô ou ônibus, pois precisava sentir que aquela eletricidade sairia de seu corpo a cada pisada com força no solo, e por dois quilômetros e meio correu, sem descanso, até a residência universitária da Vaugirard.

Chegando lá, respirou fundo e teve que esperar do lado oposto da rua até que alguém saísse pelo portão para ele conseguir entrar. Um garoto franzino foi quem lhe permitiu entrar e subir até o apartamento de Hector, sem saber ainda o que diria. Bateu à porta com delicadeza. Nenhuma resposta, nenhum barulho do lado de dentro. Em seguida, bateu um pouco mais forte, e chamou pelo nome de Hector. Nada, de novo.

Frustrado, cogitou dar meia-volta e seguir para o hotel, já que no dia seguinte sairia bem cedo e reencontraria Ísis ainda naquela noite. Mas pressentia que Hector estava lá, sim, e não podia desistir até comprovar sua presença ou ausência. Bateu mais na porta, mais forte ainda, e mais forte, até que começou a esmurrá-la, gritando, como se não houvesse nada mais importante do que entrar naquele quarto. Então a tranca, que devia estar meio frouxa, cedeu. A maçaneta caiu do lado de dentro e a porta se abriu.

Élio entrou com cuidado. O quarto estava escuro, mas ele não acendeu a luz. Logo que abriu totalmente a porta, pôde ver Hector jogado na cama, desacordado. Élio se aproximou devagar, desviando das garrafas jogadas pelo chão. O cheiro era de álcool e comida podre. O lixo em cima da pia transbordava. Ao lado de Hector, na escrivaninha, várias cartelas vazias de Dormonid.

(14)

A viagem para Marselha foi mais rápida e agradável do que Élio havia suposto antes de embarcar no trem. Sentados em poltronas confortáveis, lado a lado, ele e Hector às vezes roçavam as mãos e sorriam um para o outro para demonstrar afeto. Hector estava compenetrado na revisão de uma peça criada por ele junto com seu coletivo; Élio, embora tivesse trazido na mochila alguns livros de Daniel Lagache para estudar, permanecia com o olhar raptado pela paisagem, contemplando as pradarias e as casas à beira da estrada. De vez em quando, conferia o seu novo relógio de pulso, adquirido no mercado de pulga de Saint-Ouen, para saber quanto faltava para o fim da viagem. Lembrou-se, então, da primeira viagem de trem que os dois fizeram juntos, do aeroporto à cidade, quando ainda mal se conheciam, e sentia que nunca havia estabelecido uma relação tão intensa e profunda como aquela com mais ninguém. Uma afetividade íntima que ele nunca conseguira ter com Ísis.

– Você nunca pensou em...? – perguntou Hector, repousando o livro aberto sobre o colo. – Você sabe...

Élio logo entendeu que aquela pergunta transbordava depois de muito tempo latente e, na verdade, ficou até um pouco aliviado. Desde o momento em que Hector acordou no hospital, depois de já ter feito a lavagem estomacal, eles vinham evitando tocar no assunto. Élio optou então apenas por silenciar o ocorrido.

– Já, sim – respondeu Élio, evitando o contato olho no olho, que poderia traí-lo numa conversa escorregadia como aquela. – Às vezes, se eu olho para baixo quando estou num lugar muito elevado, impossível não imaginar como seria. Ou quando eu guardo uma dor que faz meu corpo pesar de verdade, aí eu fico com vontade de jogá-lo fora preservando todo o resto ao meu redor. Mas a ideia de não haver mais mundo para experimentar e relatar aos outros, porque eu deixei de existir, me paralisa e me faz desistir.

Hector ficou com o olhar perdido por um instante, como se refletisse sobre o que havia acabado de ouvir, e, depois, sem dizer mais nada, voltou à leitura da peça. Não conversaram mais durante o resto da viagem – melhor assim, pensou Élio, que ainda produzia de vez em quando algumas imagens daquele fim de tarde: a ligação, a ambulância, o psiquiatra do hospital.

Desceram na estação Marseille Saint-Charles, que àquela hora ainda não estava cheia. Buscaram as malas e logo saíram à procura de um táxi, que os deixaria no hotel. No topo das amplas escadarias, na saída da estação, Hector apontou para as montanhas ao fundo e a Notre-Dame de la Garde e comentou que Marselha parecia uma grande cidade em forma de Montmartre. Dentro do táxi, pela primeira vez ele e Hector descobriam juntos um lugar, de igual para igual. Mas algo dentro deles havia mudado mais do que a paisagem, e Élio, ineditamente em todos aqueles dias, sentiu uma ânsia de vida, uma vontade de explorar tudo que aquela experiência tinha a oferecer. Ao taxista, que contava a história de como havia parado ali, depois de anos trabalhando como agente de turismo por toda a Côte d'Azur, respondia apenas com grunhidos afirmativos; Hector, mesmo atento à nova paisagem que se apresentava através do vidro do carro, se entretinha em perguntar mais detalhes sobre a vida do sujeito.

O hotel escolhido por Élio ficava no topo de uma falésia e tinha vista para a baía de la Fausse Monnaie. Depois do check-in e de deixarem as malas no quarto, foram direto ao deque do último andar, onde havia espreguiçadeiras misturadas a mesas e alguns garçons servindo drinques. Ao saírem do elevador e pisarem no chão de madeira que os levaria, enfim, para o primeiro contato com a brisa marítima, Élio sentia seu coração palpitando de ansiedade. Os dois caminharam até a ponta do deque juntos.

Como já era noite, a primeira impressão do mar, para Hector, foi de uma imensidão negra e barulhenta que se foi revelando à medida que chegavam à beirada. Quando ele se apoiou na grade e fitou a noite litorânea, não foi como se a visse pela primeira vez, mas como se a reencontrasse. Ou melhor: como se reencontrasse alguém que havia muito procurava, como um pai perdido na infância. Seu olhar não era de surpresa ou de alumbramento, e sim de comprovação de uma realidade já esperada. Isto não é um filme e o mar não é o fim, Élio pensou. E ficaram os dois lá por quase três horas: pediram comida e vinho aos garçons e continuaram contemplando a vista. Élio, que tinha um mapa de bolso, tentava se localizar e ia apontando, no escuro, os lugares da cidade que mereciam uma visita.

No dia seguinte, levantaram-se cedo e seguiram caminhando até a Praia do Profeta, a um quilômetro dali. Antes de descerem para a areia, avistaram famílias e turistas reunidos sob guarda-sóis na ponta direita, perto de onde rochas formavam uma pequena baía; na ponta esquerda para quem olha para o mar, jovens jogando vôlei em campos improvisados. Os dois desceram até a areia em busca de um espaço perto dos guarda-sóis, Hector pisando na areia com certo estranhamento, o que era perceptível pela leve contração das bochechas. Depois de se acomodarem em toalhas que trouxeram do hotel, Hector anunciou, tirando a camiseta, que ia dar um mergulho, mas que gostaria de ir sozinho nessa primeira vez. Élio assentiu e, sentado, observava o garoto atravessar a pequena faixa de areia seca com animação, até chegar à parte molhada e, finalmente, tocar o mar com os pés. Nessa hora, virou a cabeça para trás, e num gesto quase infantil, olhou bem para Élio e fez um movimento de passar as mãos nos braços, e balançar a cabeça querendo dizer que a água estava fria.

Logo em seguida, Hector começou a ir mais para o fundo, espirrando água a cada passo que dava. De onde estava, Élio pôde avistar uma jovem mãe, na beirada do mar com seu filho de cerca de dois anos, reclamando baixinho da pequena inquietação marítima provocada por aquele rapaz. Hector ficou boiando por um tempo e, depois, chegou a ensaiar umas braçadas. Como nunca havia aprendido a nadar, se limitava à parte mais rasa. Por fim, sentou-se coberto pela água até o peitoral e ficou capturando a areia molhada com as mãos, trazendo-a à superfície e deixando-a escorrer por entre os dedos. Não parecia o rapaz que havia se descontrolado algumas vezes e tentado o suicídio poucos dias atrás. Ou sim?

– Precisamos ir ao mercado de peixe, no centro – comentou Élio, assim que Hector se sentou ao seu lado, a água salgada escorrendo pelo corpo.

– As praias no Brasil são muito diferentes? – perguntou Hector, enquanto desenhava uma espécie de rosto de areia.

– Hum, depende... – respondeu Élio, tentando lembrar de todas que conhecia e procurando palavras para descrevê-las. – Há muitas.

Os dois continuaram observando os banhistas por um tempo, em silêncio. A mãe com seu filho pequeno agora fazia castelos de areia.

– Já sabe quando volta?

– Para onde? Ah, não sei ainda... – respondeu Élio. – Não faço a menor ideia.

Hector pareceu satisfeito com a resposta.

Heitor segundo Hélio

(2018)

Cheiro de álcool no ar. Mateus e Dóris insistiram para que ele tomasse pelo menos uma dose de tequila antes de sair de casa. Ao longo da apuração dos votos, ele teve que recusar a bebida por outras três ou quatro vezes. Na última, quase cedeu.

"Hoje vou levar vocês para a melhor festa de todas", garantiu Mateus, ainda com o limão entre os dentes.

"Se for para esquecer tudo isso por algumas horas, estou dentro", disse Dóris.

Dóris desligou a tevê com raiva. Depois que as imagens do novo presidente do país rezando de mãos dadas com seus aliados se apagaram, os três cantaram bem alto na sacada "Apesar de você".

Já no carro de Eitor, colocaram funk para tocar do começo ao fim do trajeto.

Praça da República. Incomodado, Eitor acenou para o flanelinha que pediu para cuidar do carro. Dóris tirou uma nota de cinco reais do bolso e deu a ele. Mateus reclamou, disse que a rua era um espaço público, mas antes que Dóris pudesse responder os três já tinham virado a esquina e dado de cara com uma fila considerável.

Ao longo da fila: um carrinho de pipoca, um carrinho de cachorro-quente, cinco ambulantes com cerveja dentro de um isopor com gelo, dois rapazes de boné oferecendo pó, três garotas de programa observando o movimento. A rua cheirava a maconha, mijo e churrasco.

"Falei que era melhor ter colocado nome na lista", reclamou Dóris.

"Mas está andando rápido", retrucou Mateus.

Eitor permaneceu circunspecto. Observou a aparência dos que esperavam para entrar no edifício antigo de fachada cinza, coberta de grafites. Viu roupas de tons escuros, meias-arrastão, tatuagens, alguns piercings nas orelhas, nos narizes e nas sobrancelhas. Olhou para si: roupas largas, casuais.

Quarenta minutos depois, mais três latinhas de cerveja para cada um dos amigos e chegaram à porta do edifício antigo que cedia alguns andares para a festa.

Um segurança homem revistava os meninos e uma segurança mulher, as meninas. Passaram, pegaram suas comandas. Entraram.

O elevador os deixou no último andar, onde tocava música eletrônica. Logo na entrada, as paredes brancas estavam todas pichadas e um letreiro luminoso dizia: "Trust me. Love me. Fuck me."

Deixou-se conduzir. Mateus segurou o braço de Dóris, que segurou no seu.

"*Y dónde está mi gente, mais fais bouger la tête*". Atravessaram a quase completa escuridão, ar pesado, abafado, cheiro de álcool subindo do chão. Foram para a área externa de fumantes para respirar.

"Será que se alguém se jogar daqui morre direto?", perguntou Mateus, olhando para baixo. Eram seis andares.

"Nem brinca", respondeu Eitor. Observou displicente a parte da cidade que se via dali, milhares de prédios.

Dóris disse que ia pagar a rodada de bebida daquela vez e que a próxima era do Mateus.

"Não vamos mais te levar para o mau caminho, fica tranquilo", ela disse a Eitor e se misturou à multidão do lado de dentro.

Eitor ficava desconfortável quando estava a sós com Mateus. Sentia como se a amizade dos dois dependesse da interlocução de Dóris.

"Você parou de fumar?", perguntou Eitor para puxar algum assunto.

"Estou tentando... faz uma semana", Mateus respondeu, mantendo o olhar em outra direção.

"Acredita que eu nunca consegui fumar? Não consigo colocar no meu corpo nenhuma substância que possa me fazer mal. Fico pensando: qual o sentindo disso?"

"É verdade. Olha só, vou lá beijar na boca e já volto", disse Mateus. Eitor reparou que ele estava trocando olhares com uma menina do outro lado do vidro. "Você não se importa, né?"

Por algum tempo, ficou observando Mateus se aproximar da garota e beijá-la depois de duas ou três palavras. Então olhou para os lados e percebeu que ele era o único que estava sozinho ali no fumódromo. Constrangido, estalou o pescoço e decidiu procurar Dóris.

Já do lado de dentro da festa, onde a temperatura devia estar cerca de dez graus acima, tentou caminhar até o final do salão. Os detalhes da decoração o surpreenderam: uma banheira suja num dos cantos, onde todos entravam para tirar selfies; um sofá azul de veludo onde casais se alternavam para se esfregar; os desenhos na parede de pequenos rostos com olhos esbugalhados.

Sentiu-se sufocado, claustrofóbico. Mas queria que o vissem como alguém autossuficiente, sem preocupações. "*I've been staring at the sun, yeah, you hurt my eyes*". Queria que pensassem que estava bêbado e que terminaria aquela noite sem saber como havia voltado para casa.

Foi aí que desistiu de atravessar a pista e decidiu fingir estar curtindo a música como os demais. Que Dóris e Mateus o encontrassem assim.

"*Can't look away, can't look away*". Dançou como se estivesse bêbado. Dançou com as mãos e um pouco das pernas, a língua nos lábios, às vezes tomando coragem para descer até o chão, o corpo todo solto, como se estivesse tomado por um desejo sem medida.

"*I keep looking at you and it feels like*". Então um garoto apareceu na sua frente e sorriu. Colocou a mão na sua cintura e acompanhou seus movimentos.

Os dois estavam no meio da pista, cada vez mais próximos um do outro, cercados de centenas de anônimos.

Então o garoto colocou algo debaixo da própria língua e, em seguida, se aproximou para beijá-lo. Beijaram-se, e Eitor aproveitou para encostar seu corpo no dele. Quando o primeiro beijo cessou, o garoto tirou do bolso mais um daqueles comprimidos quadriculados e finos, todo colorido, e convidou Eitor, apenas com gestos, a colocá-lo debaixo da língua também. Eitor hesitou por milésimos de segundo, mas cedeu.

Não sentiu nada a princípio, mas fingiu que sim. Agarrou o garoto e, assim que pôde, levou-o até a parede mais próxima, e começou a beijar seu pescoço. Os gemidos graves do garoto em seu ouvido o deixaram excitado e não hesitou em esfregar seu pau duro no dele enquanto o beijava.

Após alguns minutos, o garoto afastou sua boca da dele e sorriu, sem dizer nada. E, sem mais nem menos, virou-se para outro canto, olhou ao redor e, como se fizesse parte de um roteiro ou do próximo passo de uma coreografia, começou a beijar outro rapaz que estava ao lado deles.

Eitor ficou onde estava. Seu coração mais acelerado do que o normal, sua testa, sua virilha e as axilas molhadas de suor. As luzes tinham mudado de cor. O som vibrava na sua pele, que palpitava como ondas.

Ainda colado na parede, tentou sair da pista lotada de pessoas. Os rostos desenhados na parede lotada de pequenas pessoas agora piscavam os olhos. Eitor segurou a respiração e continuou andando, até que encontrou uma escada.

Desceu um lance sem saber direito onde estava. No andar debaixo, ouviu uma voz feminina familiar e a seguiu. Queria encontrar Dóris e ir embora dali. A voz foi ficando mais próxima. De longe não conseguia ver. Foi em frente.

O espaço era enorme e as luzes quase o cegaram. Esfregou-se em mais pessoas atrás da voz, quase derrubou o drinque de um casal. Enfim chegou perto do palco montado e olhou para cima. A imagem se formou à sua frente. Era Elena cantando no karaokê: "*There's a fire starting in my heart*".

Elena cantava. Vestido curto, maquiada. Elena cantava, e com a mesma voz do passado. Sem alterações, sem chiado, sem apito.

Quando Elena terminou a música, todo mundo que estava no salão aplaudiu. E o telão mostrou que a nota dela era 9,3. O público vibrou pedindo mais um.

Ocorreu-lhe ir até o pequeno palco e perguntar se ela havia batizado sua bebida naquela segunda viagem à praia, se havia feito de propósito e o que estava fazendo ali. Assim, tudo de uma vez, num vômito. Como o que o levou ao hospital. Mas nenhum daqueles raciocínios chegou a se concluir totalmente.

"Agora, a música que todos estavam esperando para hoje", ela disse no microfone, sorrindo.

"Não quero lhe falar, meu grande amor", Elena começou, e então Dóris surgiu na frente de Eitor e balançou as mãos em frente ao seu rosto, como se quisesse acordá-lo.

"Estava te procurando", Dóris disse.

"Eu também", Eitor respondeu, absorto.

"Você está bem? Você está superpálido..."

Eitor não respondeu. Continuou ouvindo Elena cantar com a mesma potência na voz de sete anos antes. Em vez do auditório no programa de tevê, agora uma romaria de jovens bêbados e drogados, frustrados com a política.

Ao final, os aplausos vieram, mais altos do que Eitor imaginava. Foi uma catarse. O telão mostrou que Elena tirou nota 9,8. Eitor ficou em êxtase. Alguns chegaram a reconhecê-la por causa de sua fama não tão remota ou foi impressão? Fotos dela e mais fotos com ela ocupavam espaço nas memórias dos celulares.

Minutos depois, Dóris estava de mãos dadas com ele na rua. Eitor contou pelo menos três mendigos dormindo nas imediações. Dóris queria chamar um carro pelo aplicativo para Eitor e continuar na festa, mas ele insistiu que voltaria com seu carro. Ele pediu para ela o acompanhar até onde ele tinha estacionado. Chegando, ofereceu uma carona.

"Pode me deixar no metrô. Você não parece em condições de dirigir."

"De jeito nenhum, vou te deixar em casa."

Dóris consentiu.

(2017)

Era mais uma daquelas noites insones, e daquela vez não havia cogitado pedir indutores do sono ou ansiolíticos para a mãe. Pelo menos não fiquei prostrado na cama, pensou, enquanto deslizava os dedos na tela do celular, passando rapidamente as fotos diante dos seus olhos, para cima e para baixo. O movimento dava a impressão de bagunçar as letrinhas na tela. Nessa hora, seu celular vibrou. Na mensagem do garoto com quem se encontrava havia um mês: "Desculpa, não podemos sair mais. Preciso me encontrar."

Não sabia o que ele queria dizer com aquilo, mas não se abalou tanto em relação à mensagem. Já sabia que isso aconteceria mais dia menos dia. Achou engraçada a desculpa que ele deu. O certo seria se ele dissesse: os amassos (mãos por cima da calça, carinhos íntimos) no banco de trás do carro ou no cinema não substituíam o sexo.

Ainda com o celular na mão e incapaz de formular qualquer resposta, reparou que já eram sete da manhã. Precisava se arrumar para o estágio burocrático na transportadora marítima. Um emprego em que os textos lidos nos primeiros semestres da faculdade (Malinowski ou Bourdieu ou até mesmo aquele do Durkheim publicado cem anos antes do seu nascimento) eram completamente inúteis.

Tomou uma xícara de café preto e vestiu a primeira camisa e calça social que encontrou. A caminho da empresa, o céu e os sons vibravam por todos os lados.

"Bom dia", disse ao chegar ao escritório, aos seus colegas que responderam com um resmungo.

Eitor se sentou e fixou os olhos na tela brilhante. O ar-condicionado gelava o ambiente. Não havia respiração que se sobrepusesse ao tic-tic dos mouses, ao taque-taque das teclas. As costas hirtas, os pés por vezes se cruzavam em movimentos distraídos. De minuto em minuto, uma tosse insistente vinda de uma baia distante. No fone de ouvido: "*There must be a good reason that you're gone*".

Levantou-se para pegar água e esticar as pernas. Demorou um pouco mais na máquina de café para tentar passar o tempo. Mais cinco horas ainda para acabar.

Na mesa de trabalho, como um bicho de duas cabeças, uma servia apenas para o movimento preciso dos dedos nas teclas e, na outra, algumas frases e imagens brotavam milagrosamente. A transgressão apenas e como sempre na fantasia. No fone: "Não deixe o mundo mau levá-lo outra vez".

O telefone tocou.

"Eitor."

"Quem?" Era o diretor da área.

"Eitor!"

"Querido, poderia verificar algo para mim?"

Eitor arrancou uma folha e anotou tudo que o chefe pediu com rapidez. Deligou. Verificou frete por frete no sistema, taxa por taxa. Mais três horas.

Ligou de volta ao diretor, passou as informações. Desligou. Não colocou mais o fone de ouvido. Já se preparava para afundar novamente na cadeira, quando o outro estagiário, que sentava ao seu lado e até então não tinha exercido nenhum fascínio em especial, espirrou. E, ao espirrar, deixou seu corpo tremular, sua baba escorrer, seu olhar arregalar. Depois levantou os braços e se espreguiçou, movimento que possibilitou a Eitor ver suas axilas suadas dentro da camisa. Logo em seguida vieram outros espirros seguidos. Uma crise que deixou o nariz e o rosto do garoto muito vermelho.

Aquela reação provocou algo de inesperado em Eitor: uma espécie de deslumbramento, curiosidade, atração e repulsa.

"Saúde", disseram três dos dez colegas presentes na sala.

Até o fim do expediente, Eitor só conseguiu pensar nos espasmos do colega ao lado. Revivia-os como uma crise de espirro. Sua cabeça rebelde voltava à vida e inflava. O corpo que se deixava ir, repetidas vezes. Abriu uma página em branco ao lado, tentou descrever o que imaginava. Uma hora, meia hora, e fim.

"Saúde", disse Eitor ao outro estagiário ao se despedir, com a mochila nas costas.

Na faculdade, já à noite, havia uma manifestação de alunos que bloqueava a entrada principal do prédio. Cheiro de mato, café e maconha. Cadeiras empilhadas decoravam a rampa que levava às salas de aula.

Uma garota discursava no microfone: "golpe", "luta", "resistência", usando alguns verbos para ligar essas palavras umas às outras. Cerca de trinta estudantes assistiam e aplaudiam, outros curiosos tentavam descobrir o que se passava. Um coro começou a entoar "Fora, Temer".

Quando percebeu que não haveria aula, que tanto os alunos quanto os professores estavam impedidos de entrar por aqueles que queriam ser ouvidos, Eitor ficou em dúvida se deveria continuar ali para acompanhar o que aconteceria ou simplesmente deixar para lá. Foi embora sem entender direito o motivo do protesto, sentindo-se culpado por não ter participado, mas aliviado de poder chegar em casa antes da meia-noite.

No seu quarto, lembrou-se da mensagem do garoto que deu um pé na bunda dele para se encontrar. Na falta de ideia sobre o que responder, enviou uma selfie fazendo um joinha com a mão. Em seguida, bloqueou seu número e deixou de segui-lo em todas as redes sociais.

Talvez algum outro ainda aparecesse, um dia, com mais paciência para aquele inexperiente de camisinha e lubrificante. Então talvez com alguém mais compreensivo, ele poderia descobrir se preferia ser ativo ou passivo, ou nenhuma das opções, ou as duas. Como o corpo do estagiário tremendo, seu corpo deixando-se ficar desorientado. Imaginou a paz de se deixar desgovernar por alguns instantes, perder o controle de si, um longo espirro, mesmo que por uma última vez.

(2016)

Alguns meses depois da primeira viagem à praia, Eitor andou por três quarteirões da Alameda Franca até chegar ao número registrado em uma das mensagens em forma de foguinho do aplicativo de encontros.

Tocou o interfone. Na primeira vez, disse tão baixo o nome do tal rapaz do aplicativo que precisou repetir mais duas vezes, aumentando o tom de voz, para o porteiro.

O jovem, pouco mais velho que Eitor, era psiquiatra e estudava filosofia, mas nunca tinham se encontrado nos corredores da universidade: desunidos pelo acaso, unidos pelo aplicativo. Aquele era o terceiro encontro dos dois. No primeiro jantaram juntos num bistrozinho de Pinheiros, no segundo viram *Moonlight* e se despediram com um beijo mais demorado.

Enquanto esperava o porteiro abrir o portão, muitas questões passaram por sua cabeça. Qual seria a ordem dos fatores? Conversa, sexo e depois filme do Fassbinder? Ou o contrário? E se eu inventar de ir embora agora?

"Alô? Eitor subindo."

Ele hesitou em subir pela escada, passando sem ser visto e sem cumprimentar ninguém, ou pelo elevador, onde poderia se ver no espelho e checar se o cabelo ainda estava devidamente arrumado pela pomada modeladora. A porta do elevador abriu e de dentro saiu uma senhora de chinelos, short e camisa branca segurando uma sacola de supermercado.

Eitor a cumprimentou baixinho, mas ela não ouviu. Subiu a pé até o segundo andar de escada, sem pressa.

Quando encontrou o apartamento, percebeu seu coração disparado, suas mãos começaram a suar: muitos lances de escada ou ansiedade acumulada? Pensou que ia ligar para Dóris assim que saísse dali. Se fosse uma história fracassada, talvez não contasse todos os detalhes. Se não fosse tão fracassada, ainda assim, talvez também mentisse um pouco.

"Pode entrar", disse a voz, ao longe. Talvez ele tenha ouvido sua respiração ofegante. A porta estava semiaberta e Eitor se esgueirou para passar por aquela pequena abertura, como se não fosse permitido escancará-la. Ele a fechou e virou a chave.

O apartamento tinha uma sala ampla, com decoração minimalista (sofá acinzentado elegante, mesa de centro de madeira rústica com livros de arte e uma planta em cima, duas lâmpadas modernas). As paredes eram cobertas por quadros pequenos de artistas desconhecidos.

Havia também um pôster central e maior de *8½* em que o oito aparecia de óculos e chapéu, sentado na cadeira do Fellini, e na barra que separava o um do dois todo o elenco estava reunido. Todos os cômodos impregnados pelo cheiro de vapor, sabonete e desodorante.

"Estou aqui!"

O rapaz surgiu só de toalha.

"Desculpa, acabei de sair do banho, como você pode ver."

Apesar de recear o que viria a seguir, Eitor entendeu que nesse momento devia tomar a iniciativa de beijá-lo. E assim o fez. Desejou tirar sua toalha na mesma hora e, ao mesmo tempo, temia as consequências.

"Senta ali no sofá."

O dito cujo se direcionou à cozinha, voltou com duas taças e em seguida pegou uma garrafa de vinho na adega. Colocou tudo na mesinha de madeira em frente ao sofá e se sentou para continuar a beijar Eitor.

Ainda de toalha, Eitor sentiu o pau dele ficar duro, o que o excitou também. O tal rapaz então pegou o abridor para servir o vinho e, enquanto Eitor bebia o segundo gole (o primeiro foi o do brinde), ele o agarrou por trás.

Eitor, ficou imóvel, deitado no sofá, sentindo os movimentos pélvicos do moço, ainda de toalha.

Entendeu que aquilo era uma antecipação do que estaria por vir e decidiu tomar as rédeas da situação. Tirou a camiseta, o tênis, a calça e, só de cueca e meia, subiu no tal rapaz.

Pensou que deveria agradá-lo com a boca, caso o resto decepcionasse: então beijou sua boca, seu pescoço, sua orelha, deteve-se alguns segundos a mais nos mamilos. O rapaz deixou escapar um gemido tímido, som grave e contido, enquanto se livrava da toalha.

Eitor ficou maravilhado e assustado: era a primeira vez que via um pau duro, assim, tão de perto, além do seu próprio. Começou a masturbá-lo e então decidiu chupar o membro de tamanho pouco acima da média, como havia aprendido nos vídeos pornográficos: primeiro devagar, depois com mais rapidez e força. Ele não pode perceber que é minha primeira vez, pensou.

O rapaz gemeu como sinal de que estava gostando. Eitor ficou aliviado e chegou a esquecer suas preocupações iniciais. Descobriu, a partir dos gemidos do rapaz, que ele preferia uma sucção mais forte e rápida.

Mas os minutos passaram e Eitor não sabia fazer nada além daquilo. Tinha vergonha de se despir totalmente, tinha medo de se despir totalmente e ser penetrado.

Enfim, passados alguns minutos, o rapaz deu, sem mais nem menos, um gemido mais contundente. Ajeitou-se no sofá, dando a entender que aquilo era o fim.

Eitor não entendeu como ele poderia ter atingido o orgasmo tão subitamente, nem como aquilo poderia acontecer sem que ele tivesse ejaculado. Perguntou-se se estava tão ruim assim que ele precisou fingir. Ainda encucado, mas sem saber se haveria algo a ser feito, Eitor se deitou por cima dele, um tanto decepcionado. Pelo menos acabou, pensou.

O garoto então esticou o braço e bebeu todo o vinho que havia em sua taça. Disse que ia tomar um novo banho para limpar o suor, mesmo não havendo suor visível, e convidou Eitor para ir junto. Ele hesitou, mas aceitou.

Debaixo da ducha fria, Eitor procurou esconder seu corpo magricelo dos olhares do rapaz. Lembrou-se das fotografias de Laio, da sua câmera perfurante revelando os ossos à mostra.

Já no quarto, o rapaz colocou para tocar uma playlist de pop no modo aleatório e se deitou nu de barriga para cima. Eitor reparou no cartaz de *Um corpo que cai* ao lado da escrivaninha e depois se deitou junto com ele, nu, mas de bruços.

Observava a respiração do cujo, que parecia adormecer e acordar como quem inspira e expira. Às vezes, seu corpo tinha pequenos espasmos que deixavam Eitor em estado de alerta.

"Estou com fome", disse o garoto de repente, abrindo totalmente os olhos, cerca de quinze minutos depois. "Você viu ontem? 61 votos a favor e 20 contra."

"Pois é...", Eitor respondeu, mas depois não soube como continuar o lamento. "Posso mudar de música?", foi a pergunta que lhe ocorreu para driblar sua timidez. Pegou seu próprio celular e o conectou nas caixas de som.

Uma das primeiras músicas de autoria própria de Elena, "Amor sem paz", começou a tocar.

"Gostosinha de ouvir", disse o rapaz enquanto bocejava. "Quem é?"

"Uma menina que eu conheço. Tem só doze anos, já lançou um EP e tudo."

"Um prodígio!", disse com certa exaltação ou deboche.

"A gente é amigo, apesar da diferença de idade. Na verdade, nossos pais são amigos, minha mãe e a mãe dela estudaram juntas.

"E como chama essa amiga talentosa?"

"Elena. Sem agá, como meu nome."

Ele parecia mais interessado na canção do que na explicação de Eitor, então ele resolveu voltar ao assunto anterior:

"Você sabe qual o processo agora? Ou é o fim mesmo? Novo governo e pronto?"

Ele deu de ombros, se levantou e começou a procurar uma roupa no armário. "Tem outras músicas recentes dessa sua amiga?"

"Não, ela está sumida faz...", Eitor fez as contas mentalmente: lembrou-se da praia, do chuveiro, do mar. "Alguns meses."

"Os artistas precisam de um tempo às vezes. Depois voltam."

"Ela perdeu a voz, parece."

"Como alguém perde a voz?"

"Não sei. E não nos falamos mais direito. Ela desafinava muito quando começava a cantar. Não sei se vai voltar."

Depois de dizer isso, desejou não estar mais ali e se ausentar da vida, nem que fosse momentaneamente.

"Tomara que sim", ele respondeu como se não se importasse. "Vamos pedir uma pizza?"

(2015)

Seis meses antes da primeira viagem à praia, Eitor voltava para casa depois de ter dado o primeiro beijo num garoto. Quando menos esperava, um encontro inusitado. Amigo do Mateus, estudante de latim na faculdade de Letras, os dois faziam academia juntos e se apresentavam no mesmo sarau.

Almoçaram os três no campus, depois Mateus foi cuidar da vida. Eitor ficou tão desconfortável de estar só com o garoto que chegou a mencionar que também escrevia, mas não se apresentava. Conversaram sobre a comida ruim do bandejão e astrologia. O garoto o levou até o carro e, na despedida, o beijou.

O beijo foi ruim, as línguas desencontradas. Eitor, radiante, pensou que tinha descoberto o amor e se perguntou se os astros quereriam ou não que ele morresse virgem como Kant.

Era sexta-feira. Diana estava eufórica porque seus poucos investimentos em fundos de ações estavam rendendo mais que o esperado e resolveu dar um jantar ao seu casal de amigos, Lígia e Laio, para comemorar. Geralmente, Diana teria vergonha de convidar o casal bem-sucedido ao seu modesto apartamento, mas naquele dia resolveu deixar isso de lado.

Eitor chegou em casa, radiante pelo grande avanço que tinha dado na vida amorosa. Diana escolhia a melhor toalha de mesa para a ocasião, também radiante. As duas felicidades, porém, logo se chocaram e se transfiguraram em inquietação.

"Você nunca me ajuda em nada, só pensa em si mesmo."

"Acabei de chegar."

Diana optou pela toalha branca com florezinhas bordadas por sua mãe, avó de Eitor. Indo para seu quarto, Eitor ainda a ouviu posicionar os pratos, taças e talheres na mesa com tanta impaciência que pensou que fosse quebrá-los. E em seguida que ela fosse virar a mesa e arremessar a comida contra as paredes.

No quarto, um misto de esperança e desespero. Verei o garoto de novo? Quero vê-lo? Quando devo contar a todo mundo? Procurou seu perfil no Instagram e o encontrou nos seguidores de Mateus, mas seu nome estava em latim: Helius.

Decidiu que contaria do beijo para Elena, quando estivessem a sós, depois do jantar. Para ela, bastariam três ou quatro palavras. Talvez ela não compreendesse, mas era justamente isto que buscava: alguém que também não entendesse.

Quando percebeu que um modo de ser egoísta trazia vantagens, Eitor passou a explorar as possibilidades da diferença de sete anos entre ele e Elena. Ele podia ser o irmão mais velho que ela não tinha e, por exemplo, lhe ensinar gramática, corrigir suas redações, emprestar livros infantojuvenis que ele ainda guardava, ser um professor, conselheiro, sentir-se superior por saber mais. Ou então abandonar esse papel para fazer o que tinha realmente vontade e não podia confessar a mais ninguém: brincar com bonecas, ver filmes da Disney, comer brigadeiro de colher.

Instigado por uma animação que se reacendia, Eitor vasculhou seus cadernos de anotações minuciosamente organizados nas gavetas da escrivaninha. Encontraria um espaço para a transfiguração do seu dia em palavras?

Encontrou palavras circuladas, ideias riscadas, tentativas de aforismos, esquemas. Encontrou milhares de páginas escritas, nenhuma obra completa. Desde que tinha entrado na faculdade, o mundo de fora (festas, tentativas de se enturmar) vinha sendo mais atraente. As noites com Dóris e Matheus e nenhuma linha sequer, só alguns rabiscos. Uma vida com as possibilidades esgotadas precocemente.

Dois impulsos disputavam agora dentro dele: o de jogar aqueles cadernos no lixo e o de encontrar alguma frase que clareasse o beijo inesperado. Talvez: *"Meu único órgão sexual são as pontas dos meus dedos."*

A campainha tocou. Eitor foi até a porta de entrada e sua animação se apagou de novo quando viu que Elena não tinha vindo. Lígia disse que ela precisava continuar praticando piano sem que isso comprometesse sua rotina de estudos da semana.

O jantar que se sucedeu foi todo um pouco caótico. Diana, Laio e Lígia se embriagando, conversando entre si. Comiam espaguete com pesto e presunto parma e bebiam vinho tinto chileno. Eitor calado, fustigado por cada pergunta que faziam para não o deixar de lado. Não queria deixar as palavras ultrapassarem a barreira dos dentes.

"E a faculdade, como vai?", perguntou Lígia, apalpando a cabeleira rosa.

"Vocês estudam lá mesmo, ou só fazem greve?", perguntou Laio com sua gargalhada tradicional.

A risada de Lígia produziu o som do grunhido de um porco.

"Você não sabe, Elena está decolando", comentou Laio à Diana.

"É?", Diana quis saber mais.

"Estamos preparando um clipe e tudo", contou Lígia, orgulhosa. "Estou treinando com ela ao piano. A câmera vai filmá-la por todos os ângulos enquanto ela toca e canta. Vai ser uma pegada mais... intimista. Para mostrar que ela não precisa de uma grande produção para revelar seu talento."

"E não precisa mesmo!", concordou Diana.

"Não, não precisa", concordou Laio de novo. "Claro que os vídeos que ela posta no canal são bastante editados. Mas deixamos com uma aparência o mais crua possível. Sabe como é esse povo de internet, né?"

Diana concordou com a cabeça. Laio fez uma pausa para dar um gole no vinho.

"Se está muito produzido, reclamam que ela só canta com playback. Se está pouco produzido, reclamam que está de qualquer jeito..."

Eitor tinha terminado de comer e não sentia a menor vontade de encostar a boca naquele vinho. Ouvindo aquela conversa, sua cabeça se debatia com o fato de que Elena, a garota que ainda brincava de boneca e lia livros de fantasia, trilhava um caminho artístico ascendente. Já ele, tudo o que tinha juntado ao longo dos anos eram frases soltas e ideias sem sentido, sem desenvolvimento. Era como uma vertigem.

"Essa gente só sabe reclamar hoje em dia!", exclamou Lígia, que parecia já estar levemente bêbada. "Vocês estão sentindo calor?"

Diana mal abriu as janelas e Lígia já prendia seu cabelo, que na ocasião estava com tons rosados, num coque acima da cabeça. Como se a bebida os deixasse ainda mais íntimos e não fosse preciso mais nada cobrindo as peles.

Eitor estava prestes a pedir licença para se levantar. Tudo ali era grotesco, inclusive ele próprio.

"De sobremesa? Torta holandesa!", exclamou Diana.

Nos seus minutos de hesitação esperando a melhor deixa, começaram a se ouvir batidas em panelas ao longe.

pá-pá-pá-pá

Como palpitações arrítmicas. Algumas mais tímidas a princípio, depois o prédio inteiro, até que o bairro e a cidade inteira pareciam tocar a mesma música.

pá-pá-pá-pá-pá-pá-pá-pá

Inicialmente, todos continuaram à mesa e ignoraram os sons vindos de algum lugar ao longe.

"E você ainda escreve? Você nunca mais mostrou nada pra gente", constatou Lígia, apalpando os cabelos rosados que pareciam recém-pintados.

pá-pá-pá-pá-fora-pá-pá-pá-cu-pá-pá

"Se não sou eu para falar, ele esconderia tudo...", Diana revirou os olhos.

Lígia se levantou e cambaleou. Eitor deve ter respondido alguma coisa, mas o rufar de panelas às vezes abafava as vozes.

"Quê? Não entendi", disse Lígia, enquanto se acomodava no sofá, já de olhos fechados.

pá-pá-pá-pá-ei-pá-pá-pá-vai-pá-pá

Sua voz era abafada. Laio então se levantou raivoso e foi à janela gritar. Quase deixou cair a cadeira onde estava sentado.

Não dizia coisa com coisa quando se dirigia à cidade, pela janela.

"Quer uma panela?", perguntou Diana a Laio, voltando da cozinha.

"Eitor? Você está aí?", perguntou Lígia.

querida-pá-pá-pá-pá-tchau-pá-pá-cu-cu

Eitor sentia-se cada vez mais sufocado. Enquanto Laio berrava na janela, Diana veio da cozinha com uma panela e uma colher nas mãos, e começou a bater e caminhar ao redor do sofá onde Lígia tinha se estirado, em ritmo de marchinha.

pá-pá-pá-pá

Aquilo parecia que ia durar uma eternidade. Todos envoltos naquela espécie de cortejo raivoso e catártico.

"Eitor?"

Ele não estava mais ali, não respondeu Lígia no sofá, se abanando. Laio se esgoelando para a cidade de quando em quando. Diana em sua dança macabra com a panela nas mãos. Eitor afundou, fechou os olhos, tentando fugir dali, nem que fosse só mentalmente. Abriu os olhos e tornou a responder à pergunta de Lígia mais uma vez, ciente de que ninguém no país o escutaria.

pá-pá

Do mesmo jeito que começaram, as batidas foram se diluindo. Laio se afastou da janela e foi para o sofá, deu um beijo na cabeça de Lígia e sentou ao seu lado. Diana já recolhia os pratos.

"Vem me ajudar a lavar a louça pelo menos, Eitor", convocou Diana.

(2014)

"Eles se mudaram para Austen", Eitor ouviu uma das convidadas contar à outra.

"Capital do Texas, né? Lá eles andam com armas, né?"

"Mas não pode entrar com arma no hospital."

"Está certo."

Nessa época, os encontros musicais aconteciam uma vez a cada três ou quatro meses na casa de Laio e Lígia, uma espécie de substituição aos encontros que começaram na casa dos avós de Eitor. Ele e Elena nunca deixavam de participar.

Sem muita opção, já acostumado a se encontrar sempre no meio dos adultos. Com dezesseis anos e pouca experiência com álcool, ele aproveitava para dar uns goles em tudo que era servido.

"Mais vinho branco? É sul-africano, 2012. Uísque? Doze anos. Cerveja de trigo? Comprei em Munique ano passado."

Os adultos, naquela noite, se alimentavam de castanhas, canapés, queijos e azeitonas. Alguns, os mais famintos, conversavam ao redor da mesa de jantar. Diana gostava de ficar entre esses.

Outros se esticavam no sofá a uma distância suficiente de seus copos. Eitor figurava entre esses, sem falar muito, feito antena de rádio captando todas as ondas possíveis. Outros, os mais bêbados, ainda ficavam em pé ao redor do piano e até arriscavam alguma dança. É para lá que a atenção de todos se voltava no correr da noite.

Elena passou por entre os adultos para colocar mais Coca no seu copo. Eitor, ao avistá-la, se levantou bruscamente e a chamou baixinho de canto:

"A prova de português, deu certo?"

"Graças a você." Elena sorriu e então voltou para uma rodinha com um casal de amigos dos pais. Eles lhe faziam perguntas sobre as visualizações dos vídeos e as vendas do seu EP de estreia.

Eitor tentava distinguir o timbre de Elena em meio ao burburinho dos encontros, às falas errantes e ao retinir dos copos. Escutava poucos sons vindos dela, na maioria risinhos constrangidos a comentários como: "gostei que você deixou sua voz meio *graspy* em alguns momentos".

Nesse momento, Diana o chamou para conhecer um homem que dizia ser um velho amigo seu. O sujeito usava um chapéu de palha. Por sorte, ela logo se distraiu com conversas sobre seus workshops e Eitor pôde permanecer onde estava. Logo em seguida era chegada a hora em que o piano se fazia presente, ecoando pela casa inteira.

Lígia começou tocando no seu Bösendorfer, trechos mais conhecidos da primeira escola de Viena para servir de música de fundo. E para se exibir. As conversas entre os adultos corriam normalmente. Reclamam de cansaço com o trabalho e com o país, Elena apenas escuta.

Quando passou depois para o jazz norte-americano dos anos 1940, 1950 e 1960, Elena pediu para mostrar o que já sabia tocar de *Blue in Green*. Eitor se aproximou do piano para ouvi-la e vê-la de perto.

Lígia voltou em seguida ao piano e pediu para Elena acompanhá-la cantando: "*We only said goodbye with words, I died a hundred times*". Cantava junto quem estava bêbado e sabia o refrão. Diana também veio para perto, estalando os dedos e fazendo uma dancinha graciosa, na opinião dela mesma, que consistia em deslocar os braços para o lado oposto em que se insinuava o tronco.

Elena pede para voltar a tocar e, sem nenhum anúncio, dá o primeiro acorde e canta uma melodia mais infantil. Lígia deixou a contragosto a filha brincar de improvisar e se juntou aos adultos em volta da mesa de jantar. Mesmo quando errava alguma nota, seguia tocando e cantando cheia de felicidade, em comunhão com o piano.

O cheiro característico dos encontros era de fumaça e, em meio à névoa, Eitor avistou Lígia tirando um baseado do bolso e fumando até ele virar uma pontinha minúscula de seda. Não se impressionou com aquilo. De cabelos ruivos e quase raspados naquele dia, ela lembrava um cigarro ambulante.

Sem perceber, bebeu sozinho uma garrafa de um dos vinhos da casa. Tentou dar um passo para deixá-la vazia na cozinha e sentiu seu corpo mais estranho a ele mesmo que de costume. Tentava tomar consciência da embriaguez: tudo próximo, nada distante, nada próximo, tudo distante.

Eitor se esparramou então pelo único espaço vazio do sofá de três lugares, colocou uma almofada em cima do colo e deu um grande e infeliz bocejo.

Nessa hora, Elena anunciou que ia tocar uma composição de autoria própria, ainda inédita. Dizia que ia postar no seu canal somente daqui a um mês e, se funcionar, seria o single do seu próximo álbum. Laio, que estava à mesa de jantar dando sua opinião política para os amigos homens, se calou para escutar e pediu com gestos que todos fizessem o mesmo.

"Nada de dormir no meu sofá", Lígia o puxou para dançar. Eitor pensou ter visto os olhos de Laio revirarem e o olhar de Diana num misto de apreensão e alívio.

Os acordes, três ou quatro diferentes, eram simples. A música era cantada quase toda em inglês, só o refrão era em português.

O ritmo acelerou e Lígia sacodiu os braços de Eitor como se quisesse que eles ganhassem vida própria. Eitor tinha a impressão de que os demais adultos, com exceção de Diana, estavam achando que a cena ridícula era um belo contraste com a genialidade precoce de Elena. Esses mesmos adultos, os mais bêbados, decoravam o refrão em português e cantavam juntos.

Lígia enfim o largou e cochichou algo no ouvido de Elena: sobre ele? sobre a música? Eitor continuava bebendo de tudo e as ideias iam ficando borradas como um papel cujas frases eram impossíveis de apagar, mas também impossíveis de ler.

"Ela vai fazer dois shows em escolas aqui do bairro."

"Eu li em algum lugar que estão querendo dar aula de educação sexual para crianças."

"E vamos ter mais quatro anos de merda agora."

Elena passou para a próxima música, desta vez a de maior sucesso. Eitor se orgulhava de tê-la ajudado com a letra. Poderia cantá-la inteirinha se quisesse: ele mexia os lábios sem deixar o som sair. Talvez o som entrasse em vez de sair.

"O primeiro clipe já tem um milhão de visualizações e querem que ela cante no especial de final de ano."

"Só assim para valorizarem artistas de verdade."

"Sem doutrinação."

Os adultos ficavam borrados. Talvez seja a fumaça, pensou. Sentado na poltrona, Eitor fechou os olhos para não perder os sinais do mundo distorcido, mas a casa inteira girava sempre na mesma direção.

A música crescia, os sons se misturavam todos, talvez dentro da sua cabeça. Quanto mais Elena tocava, mais ela se afastava.

Diana faz menção de ir embora.

"Já?"

Em cima do piano tinha um copo de bebida.

"Não acha que já bebeu demais?"

"Vou só me despedir."

Na verdade, Eitor queria se fazer notar. Aproximou-se do piano, onde não havia mais tantos adultos em volta.

Observou os dedos de Elena escorrendo com facilidade pelas teclas brancas e pretas. A partitura estava ali na sua frente, mas ela não precisava consultá-la.

Chegou cada vez mais perto, queria fundir-se aos símbolos pretos nas páginas brancas. Tinha a certeza de que é lá que precisa estar, representação visual do som.

Mas a música assim, tão de perto, causava mal-estar. Não podia se aproximar mais nem recuar, suas pernas estavam fincadas no chão. Como se quisesse se salvar de um afogamento, esticou o braço e derrubou a taça de vinho nas teclas do piano. Exclamações de susto. E então a música parou.

Com certo alívio, seus olhos quase se encheram de lágrima.

(2013)

Pediram autorização para faltar à escola e seguirem o combinado: gravação, manifestação.

Acabaram brincando com jogos de tabuleiro até altas horas. Eitor chegou a cogitar deixá-la ganhar algumas vezes, mas em dado momento percebeu que estava disputando de igual para igual: o Eitor de recém-completados dezesseis anos e a Elena de nove pareciam se encontrar no meio do caminho.

Quando se deitaram, Eitor sentiu inveja e admiração daquela garota que pegava no sono assim que encostava a cabeça no travesseiro.

Ao acordar no quarto de Elena, camas emparelhadas, não se levantaram de uma vez: enrolaram um tempo na cama até que Lígia os chamasse para tomar café da manhã. Quando ouviram sua voz, Elena se escondeu debaixo do lençol e Eitor correu ao banheiro para tirar o pijama e vestir uma calça, camiseta e calçar o tênis. Laio bateu à porta e Elena enfim se levantou.

Chegando à cozinha, Eitor deu um tímido bom-dia a Laio, que bebia o último gole de café antes de sair para trabalhar, e a Lígia, que preparava a mesa. "Vocês têm certeza que é uma boa ideia se arriscar hoje à noite?", Laio perguntou, já girando as chaves da porta. "Mas é claro! Ela é uma artista, precisa participar desse momento de comoção nacional. Os fãs esperam isso dela", Lígia respondeu. Laio resmungou algo com as palavras "ditadura" e "espetáculo", e saiu. Elena chegou logo depois, cheia de vida, e os três comeram pãezinhos com açúcar como se fossem da mesma família.

Depois foram os dois, Eitor e Elena, ao quartinho que ela usava para suas gravações, um protótipo de estúdio. Elena descalça, Eitor de tênis. Ela preferia cantar sentindo o chão, ele preferia manter os pés cobertos sempre que podia.

Geralmente acompanhada por uma equipe, Elena queria que o vídeo da semana para os fãs e seguidores tivesse cara de amador, para não parecer que estava sendo influenciada por algum adulto. Eitor leu atentamente o e-mail com as instruções que o agente dela tinha mandado e escreveu um pequeno discurso num papel sulfite. Posicionou o microfone.

"Oi, gente querida! Estou aqui me preparando para cantar uma música muito especial para vocês. Neste momento de tanta energia do nosso povo, achei que eu precisava trazer para vocês uma canção de um tempo de muita luta. Vamos todos juntos!"

Terminado o vídeo introdutório, Elena passou a ensaiar, com a ajuda de Lígia, várias músicas em ordem alfabética sugeridas pelo agente. Eitor bate o olho na letra C: "Cálice", "Caminhando e cantando" (sic), "Com mais de 30", "Como os nossos pais". Eitor disse a ela que sua voz combinava mais com "Alegria, alegria" e Lígia concordou.

Ela repetiu a melodia durante a tarde inteira, algumas vezes sem, outras vezes acompanhada pelo piano de Lígia ao fundo.

Fizeram exercícios vocais no intervalo. "Atenção ao controle da respiração, ao espaço para as vogais, à emoção no rosto, às variantes nas frases mais longas", advertia Lígia.

Depois, elas pediram para Eitor manusear a câmera enquanto ela cantava para valer no microfone. Sem guitarras, apenas o piano e a percussão eletronicamente programada. Terminadas as gravações, eles subiram os dois vídeos no canal de Elena. Ela dava gritinhos de alegria.

Já à noite, Elena calçou um All Star amarelo para ir à rua. Laio já tinha voltado do trabalho, mas preferiu ficar em casa. "Já tem gente demais", disse, "não precisarão de mim". "Usem o vinagre, gaze, máscaras, soro fisiológico, qualquer coisa", ele completou. No lugar dele, Diana resolveu acompanhá-los.

Meia hora depois, cercadas pela multidão, Diana e Lígia andavam juntas pela Faria Lima, conversando sobre a vida e, às vezes, sobre o que estava ao seu redor. Eitor e Elena ficaram em silêncio e, às vezes, cantavam juntos as músicas inventadas pelos manifestantes. Elena achava aquilo uma grande diversão.

Por algum motivo, Eitor acompanhava tudo como se não estivesse ali. Não diluído, mas como uma forma concreta e rachada, inclinada para uma tristeza que o fazia desejar morrer um pouquinho.

Preocupado com Elena, Laio mandava mensagens à Lígia de quinze em quinze minutos perguntando se havia algo esquisito por ali, dizendo para eles voltarem para casa logo caso começasse alguma confusão na rua.

Alguns cartazes eram vermelhos, outros pretos com letras brancas ou brancos com letras pretas, e outros ainda verde e amarelo.

Todas as vozes desafinadas, quando juntas, cantam afinadamente?

Chamaram a atenção de Eitor alguns homens de meia-idade engravatados convidando seus colegas de prédio contra o aumento da passagem de ônibus. Eitor notou um grande conjunto de prédios espelhados à sua direita, de onde era possível visualizar a avenida tomada por gente de outro ângulo, às vezes ampliando, às vezes diminuindo a imagem refletiva.

Mais ou menos na metade do trajeto, alguns manifestantes decidiram se voltar para eles: "Nunca vai mudar só olhar", diziam em uníssono e de maneira ritmada em direção ao concreto.

Educação, inflação, busão, revolução, televisão, corrupção, liam as sombras do escritório, sentindo-se representadas.

Eles nem perceberam a distância percorrida e demoraram a sentir cansaço. Elena era a mais animada e andava na frente, como se estivesse abrindo caminho. Ela foi parada três vezes por pessoas que a reconheceram da televisão: uma senhora que caminhava com a ajuda do filho, um casal de estudantes e um garoto da mesma idade que ela, acompanhado da mãe.

Num dado momento, Diana se empolgou com os clamores de "o gigante acordou". Por sua vez, Lígia, com uma raiva inaudita, se uniu às vozes mandando todos os governantes tomarem no cu e quase deixou sua bolsa cair no meio da avenida.

Na Avenida Juscelino Kubitschek, a multidão começou a se dispersar. Muita gente continuou subindo até a Paulista, outros andavam sem rumo.

Lígia e Diana decidiram que era hora de ir embora e chamaram um táxi.

(2012)

Velório da avó. Domingo nublado em que a chuva parecia iminente, mas que nunca se concretizava. Diana chorava sem derramar lágrimas. Não as tinha mais. Em vez disso, arrancava os fios do seu cabelo. Puxava-os um por um da sua cabeça e os depositava dentro do caixão, próximos à cabeça da morta.

Na manhã do dia anterior, Eitor acordou com o som do telefone. Sua mãe atendeu e, aos prantos, foi tomar banho. Quando saiu do chuveiro, passou maquiagem e foi contar a notícia ao filho: "a vovó morreu, tá?"

Eitor se fechou no quarto e escreveu na última página do caderno de biologia: "Quer dizer que você se apaixonou por alguém e resolveu não voltar mais? Meu avô também, mas ele nunca sumiu". Ficou perturbado, respiração curta e rápida, mas não conseguiu chorar.

Naquela manhã do velório, ele que se adiantou para tomar banho. Deixou o rádio ligado, já que ouvir apenas o som da água do chuveiro caindo às vezes dava a impressão de que sua mãe estava chamando seu nome do lado de fora do banheiro. Sempre com um tom desesperado, eufórico ou pouco amistoso.

Enquanto se secava, escutou sua mãe chamá-lo. Dessa vez era real e muito próximo. Ela estava no seu quarto, andando de lingerie um lado para o outro, e havia dois conjuntos de roupa esticados na cama: um vestido discreto branco e cinza e uma calça jeans com blusa preta básica.

Em dúvida sobre qual dos dois usar, afirmou como um disco riscado que ia cancelar a cerimônia, que ia ligar para todos avisando, que não valia a pena presenciar o olhar de compaixão dos outros no momento mais difícil da sua vida. Eitor não respondeu, já sabendo que ela mudaria de ideia minutos depois.

No fim, decidiu-se pelo vestido e pediu à Lígia para buscar os dois, já que não teria condições de dirigir. Vieram os três, Laio e Elena também. Lígia escolheu um longo lace loiro e uma saia preta de cashmere para a ocasião. No banco de trás, Elena cantarolava músicas aleatórias e isso fazia Diana sorrir de vez em quando. Mas aquilo durou pouco.

Chegando ao cemitério, Diana começou a chorar sem lágrimas. Eitor, que não tinha chorado até então, se viu tomado por uma escalada de tristezas ao ver o corpo frio da avó. Uma dor puxou a outra e ele não sabia mais por que soluçava. Ou por quem.

Então Diana começou a abraçar o corpo da mãe e pedir que ela, aquele corpo branco e frágil, respondesse ao que perguntava. "Você foi em paz, mãe? Você cuidará de nós, mamãe?" Impaciente pela falta de resposta, chegou a sacudi-la, gritar em tom pouco amistoso e precisou ser retirada do recinto por Laio. Lígia e outro parente que Eitor não conhecia tentavam acalmá-la do lado de fora.

Eitor se aproximou de Laio e Elena, que tentavam não chamar muita atenção. Lamentou-se que aquela família não era a dele, jamais seria. Fantasiou então outros dois avós, pais de seu pai, ainda vivos, vagando por aí, anônimos.

Meia hora depois, Diana voltou mais calma e, dessa vez, ficou a alguns metros de distância do caixão, sentada, recebendo condolências dos convidados atrasados. Levantou-se apenas para dizer ao pé do ouvido de Eitor "quando eu morrer, quero ser cremada" e voltou a se sentar.

Quando o cortejo finalmente começou, Diana não quis observar de perto o caixão, e também não se aproximou da cova. Ficou onde estava. Elena e seus pais já tinham ido embora: Lígia precisava ensaiar com Elena e Laio ia treinar para uma corrida. Eitor suspeitava que as corridas aos domingos eram uma desculpa para ele passear de carro na avenida ao lado do Jockey Club.

No caminho pelo extenso gramado, lembrou-se de um sonho que teve, em que vivos e mortos da sua família se reuniam para uma festa. Quem ainda preservava suas cores era vivo ou tinha morrido havia pouco tempo, ao passo que os mais apagados estavam desbotados ou em preto e branco. Acordou quando se recusou a ver de perto uma menininha quase sem cor nenhuma e que ninguém reconhecia. Ninguém sabia seu nome nem em que época tinha vivido.

Eitor quase tropeçou na bengala de um senhor de idade que devia ser irmão da sua avó, seu tio-avô. Falhou ao tentar lembrar-se do senhor de algum Natal ou reunião familiar, mas o imaginou misturando português e italiano se abrisse a boca.

Reparou que seu nariz pequeno era muito parecido com o seu, os olhos também. E as orelhas.

Com alguma surpresa, constatou a si mesmo que seus traços eram mais parecidos com os de sua avó do que com os de seu avô e sua mãe. E os trejeitos retraídos e aparentemente serenos também, só podia ter herdado da avó. Ou do seu pai, mas isso jamais saberia.

Enquanto a cova era coberta por terra, Eitor, alheio a todos e a si mesmo, se imaginou lá dentro, no lugar de sua avó, com as mesmas expressões petrificadas e a pele fria. Não fosse a idade e o comprimento do cabelo, ninguém notaria a diferença.

Heitor

[2011]

Quando alguém morre, vira um nome sem nome, diz minha avó, tenho a impressão ou então agora fantasio, e nessa imagem ela fecha mais uma daquelas caixas de lembranças do meu avô, todas etiquetadas com o nome dele e algum complemento, fotografias, estudos, livros, partituras. Às vezes o ano anotado no canto da etiqueta, com a mesma letra, a dela, traço apressado, completa a tríade sujeito, objeto, tempo, sendo o espaço sempre uma suposição ou descoberta a partir das três informações anteriores. Uma pesquisa apurada seria suficiente para descobrir todos os lugares onde o nome permanece uma ou duas gerações depois que é esquecido por nós; regente, diretor, participante do congresso, professor de pós-graduação, até que esses também se apaguem de todos os arquivos, todos os registros, até que o nome na lápide, constatação invencível, reine absoluto sobre a decadência desse nome.

Lembro de estarmos no quarto de visitas da casa dos meus avós, onde os tacos de madeira já estão gastos, as paredes brancas já estão sujas, a cortina já está empoeirada, sinal de uma casa envelhecida cuja decadência se acompanha com tristeza equivalente a um luto. Espero que minha avó e minha mãe saiam do quarto para ter um momento a sós com as caixas empilhadas antes que sejam transferidas para o sótão e lá sejam esquecidas e embolorem, sobrevida a tantos objetos guardados de quem não está mais aqui para decidir seu destino e sua função. Espero elas saírem para que eu veja o interior de cada caixa e encerre esse passado dentro de mim e, assim, carregue um pouco o fardo dos momentos que não vivi, das anotações que não compreendo, dos livros ilegíveis, das conclusões advindas de conjunturas que não existem mais, dos sonhos que jamais sonharei. Um passado anterior ao meu passado inteiro em que posso e devo acreditar com a crença de quem se debruça sobre ossos e deles conjectura um ser que um dia se elevou sobre a terra, talvez sobre o céu, com a crença de quem preenche os espaços de uma fixidez móvel, porém monótona, com graça e horror.

Respirando pó, abro caixa por caixa como se despisse pessoas desconhecidas, anônimos que visse na rua e a quem perguntasse aleatoriamente se o corpo é mais presença que ausência ou o contrário. Primeiro vejo e descubro, dentro de uma caixa vermelha desbotada, óculos cinza, lentes amareladas em formato quadriculado, e embaixo dele uma revista *Manchete* de 1976, "Os homens mais ricos do mundo no Rio" e "O quarto casamento de Sinatra" na capa. Em seguida abro uma caixa azul, com detalhes em dourado, que guarda livros, *O segundo sexo*, datado à mão em 1960, a marca da Livraria Dinucci na folha de rosto, e *Boas maneiras – manual da civilidade*, datado também à mão em 1954. Folheio os dois livros então desconhecidos e me assusto a tal ponto com o choque dos extremos naquele microcosmo pronto a ser esquecido que ainda hoje me pergunto quanta contradição cabe no espaço de seis mil centímetros cúbicos de uma caixa, e quanto contrassenso pode existir no espaço de mil e quatrocentos centímetros cúbicos de uma mente. A história do meu avô se diluindo no chão, no soalho de madeira já gasto e craquelado, enquanto a porta entreaberta aponta para um futuro brevemente adiado.

Deparo com muitos papéis, já em outra caixa, e um caderninho preto surrado em que se lê, no espaço em branco da capa, com a letra dele, "vi Congresso Brasileiro de Música Sinfônica", e depois outro bordô, em espiral, com anotações de um curso sobre a escala frígio em Enrique Granados. Mais abaixo muitas apostilas com o planejamento das aulas, slide a slide, vou invadindo com meu braço a caixa e assim vou sentindo que me aproprio dos objetos que marcaram a vida de quem não está mais aqui, um frenesi se propagando em ondas pelos dias todos de que me aproprio, até que chego enfim ao fundo da caixa, a uma pasta amarela grossa repleta de partituras, algumas impressas, outras manuscritas, com título e alguns rabiscos nos cantos. Encaro-as todas maravilhado, sim, como se elas fossem o destino da minha busca, sim, um tesouro inestimável nas minhas mãos pré-adolescentes, sim, e são sobretudo as que não revelam o nome da canção ou do compositor, as que contêm apenas as claves e as notas, potência de som de antes para depois, que mais me fascinam.

Ali, as notas musicais que ele um dia produziu com meros gestos precisos, da página para as mãos, das mãos para os instrumentos, mais uma partitura, mais uma, folhas amareladas contendo abstrações formais portadoras de tensão e cuja representação me ultrapassa, em qual ano teria sido?, as palavras chegaram depois? Analiso sem entender mais e mais papelada que já botou gente de pé, a ovacionar, as mãos para aplaudir e a auxiliar no assobio agudo, o indicador e o polegar na boca deixando vazar o ar necessário para tomar a sala inteira. Vejo também algumas resenhas recortadas de jornais colocando meu avô num pedestal, mas ainda insaciáveis no fundo da caixa, raspando o abismo dos nomes e das coisas. Quando conformado, pensando que mais nada sairia dali, e que só me restaria fechar de uma vez por todas essas caixas, meia dúzia de cartas se revelam, entre uma partitura e outra, como se brotassem de um ponto ainda mais fundo, um desvio do tempo, uma rachadura na história mil vezes repetida.

Escrevo o que você já deve saber, caro amigo.

Empilho, uma a uma, as cartas aparentemente nunca enviadas, e lutando contra a vertigem que se apodera de mim no momento, permaneço rígido, um zumbido no ouvido, a visão resistindo a não se turvar, minhas mãos tremendo de excitação, músculos contraídos.

Valorizo a raridade das nossas lembranças.

Consigo reparar, apesar da efervescência que se impõe, que aquela linha cronológica paralela se estende por vinte anos, 1987, 1993, 1997, 2001, 2005, 2007 são as datas que jorram nos meus olhos, meu avô como o remetente e, como destinatário, sempre o mesmo nome, um nome masculino. Outro maestro?, um aprendiz?

Não sei se é certo o que vou dizer, mas é preciso dizer: um dia, cheguei a pensar que seria possível.

Minha vontade é de abri-las todas e depois queimá-las, ou enterrá-las no jardim até o sujeito encontrá-las por acaso, mas não, não sou capaz disso, só consigo, após algum tempo de entrevação, finalmente, com o coração disparado, tomar coragem e abrir um dos envelopes, aquele datado do ano do meu nascimento, 1997, o centro daquela linha invisível, sem rasgá-lo totalmente espio o conteúdo e enxergo algumas frases rasuradas, que não alcanço ler.

É a saudade que nos move, somente ela.

Não sei se transpiro de nervosismo ou pelo sol que batia com mais força na vidraça do quarto, e apesar da dificuldade de decifrar aquelas linhas, desejo ler em voz alta, pois compreendo de chofre que são partituras amorosas que nunca se realizaram, aquelas palavras silenciadas, abrir os pulmões e dizê-las à casa prestes a ser colocada à venda, apropriar-me delas como um ator que declama à plateia o texto escrito por outro sem se dar conta de que ele é, em si, eterna inauguração.

Valem uma vida nossos encontros sorrateiros.

Quando abro a boca para ensaiar um grito, não de susto ou medo, mas de alegria, de comunhão, ouço passos se aproximando. Devem ser minha mãe e minha avó querendo se despedir das caixas, penso, completar o luto guardando esse amontoado de lembranças, sem se darem conta de que se despedem também de uma vida em segredo. Por sorte, os passos se demoram no corredor e consigo guardar tudo de volta, óculos, revista, pastas, cadernos, tudo de volta ao pó, tudo exceto a carta, a carta aberta sem permissão, a confissão involuntária que salta uma geração e vem pousar em mim, que vem pesar no meu bolso pouco antes de minha mãe entrar no quarto com o rosto desfigurado pelo choro ininterrupto de três dias e me perguntar o que ainda faço ali, parado e pálido.

Quando em seguida chega minha avó com feições mais serenas, as duas me abraçam ao mesmo tempo, uma de cada lado, como para se consolarem a si mesmas. Nessa hora nem me passa pela cabeça perguntar se elas já sabiam ou contar o que elas ainda não sabem, mas em vez disso me certifico de que a carta está segura comigo, e me imagino dizendo a elas que também desejaria ser guardado numa caixa com partituras e cartas dentro, e que elas poderiam me buscar depois de alguns meses, talvez anos, e ainda me encontrar quase intacto.

Não sei quanto tempo até as caixas com o nome do meu avô serem definitivamente jogadas no lixo, poeira esquecida. Teria ele algum dia se visto em mim? Não sei quanto tempo até as demais cartas nunca lidas se perderem novamente entre as partituras lidas à exaustão. Não me lembro do momento em que decido me livrar da carta de 1997, o murmúrio que jamais deveria ter sido ouvido, mas que está para sempre gravado em mim sem precisar relê-la nem uma vez sequer depois daquele dia em que um avô é capturado em seu mistério por seu neto, testemunha do assassino de sua segunda morte, a morte da existência que, por nunca ter se realizado, nunca teria fim. Será que a paixão proibida sobreviveria pela força da palavra escrita ou foi desfeita quando lida?, me pergunto ainda hoje. E seria, afinal de contas, uma carta nunca lida uma maneira de deixar a vida com um nome definitivo e, portanto, sem terminar?

[2010]

Não há ninguém além de nós dois e elas duas naquele pátio, no intervalo das aulas, no intervalo das ilusões pré-adolescentes, nós dois de um lado e elas do outro. Se elas só têm uma à outra, e se eu só tenho a ele, meu único amigo da escola, é porque os demais colegas decidem andar em bando, nos corredores, nas cantinas, os desejos à margem, e nós acabamos para trás, vagando em dupla como almas perdidas, sem saliva, poeira, fricção. Feito excluídos da desordem que se agarram, como último refúgio, a quem sobra a seu lado, não por escolha. Ele, um metro e setenta aos treze anos, dentes incisivos protuberantes, uma delas espichada e sem carne, um ninho nos cabelos, a outra com noventa quilos e chaveiro de caveira pendurado na mochila, eu fracote, sem músculos ou carne. Nós de um lado e elas do outro lado do pátio, não se ouve o que dizem entre si e suspeito que não têm nada a dizer, assim como eu e ele não conversamos sobre nada, ficamos nos encarando, cúmplices, até o intervalo acabar, às vezes zombando, rindo de nossas rivais. Elas devem fazer o mesmo. E todo o restante da escola ri de nós. Temos mais raiva e ojeriza delas que dos colegas alegres e sociáveis, pois são elas que nos ameaçam em nossa exclusividade de excluídos, um incômodo tamanho que naquele dia faz meu amigo finalmente romper o silêncio tácito para me dizer:

Vamos armar uma emboscada.

Da maior temos medo de apanhar, de perder a batalha, então é contra a alta magricela que planejamos um ataque. Quando ele me avisa de seu plano tem início uma interação inaudita entre nós pela via da pequena maldade fabricada. Sorrimos como vitrines, passamos pelos fundos do refeitório no horário do almoço, onde apodrecem pedaços de frutas descartados e restos de comida à luz do sol. Enquanto os funcionários circulam para lá e para cá, roubamos uma caixa de ovos que está à vista, nossas armas, e nos posicionamos na sala de aula vazia com vista para o largo corredor da saída, de onde esperamos, numa mistura de medo e ansiedade, com os ovos cuidadosamente escondidos entre os dedos, segurando a respiração. Cinco minutos depois quase nos enganamos de vítima, é por muito pouco que não cometemos uma injustiça, mas quando passam debaixo de nós seus cabelos desarranjados como coroa quebradiça não nos resta dúvida, há um ataque, dois, um meu e um dele, mãos inseguras, pernas trêmulas, eu duvidando de mim até o momento do arremesso, e quando os ovos atingem sua cabeça, o som das cascas se rompendo, da brancura oval sai um jato de gosma disforme, matéria muda e inequívoca. Dela sai um grito de susto e desespero e imediatamente sinto uma euforia misturada a pena, penso em nos denunciar, em gritar, fomos nós!, fomos nós!, mas não nos detemos nem admirando a clara e a gema de cheiro pútrido escorrendo pelos fios, pois logo nos abaixamos para não sermos vistos sem nos furtarmos de dizer pela janela:

Ei, sapatão, mulher macho sim senhor, ei, sapatão, cabelo podre é um horror!

Corremos como nunca antes, rindo de desespero, com medo, arrependimento e a sensação de dever cumprido. Já dentro do carro, ofegantes, disfarçamos a agitação de sua mãe, livres da identificação do crime e do castigo, mas não da culpa, não do desconforto por ter durado apenas um átimo a cumplicidade que um dia tinha sido perene, no tempo das brincadeiras, invenção de frases descompromissadas, quando éramos mais novos e nos sentíamos mais em sintonia um com o outro, para então constatarmos que há um espaço imenso entre nós no banco de trás e que precisaríamos para sempre desinventar a roda da solidão, uma vez depois da outra. Lá de concreto só nos resta o consolo de ele estar são e salvo do castigo e eu mais um dia são e salvo da minha morada, pois naquele dia, como em outros, sou convidado, talvez por pena de mim, pela mãe do meu amigo, e não por ele, a dormir longe da minha casa, onde a sombra da doença do meu avô, cada dia menos reversível, recai progressivamente sobre a instabilidade da minha mãe.

Apesar do desconforto no carro, horas depois meu amigo insiste, faz nova empreitada para reestabelecer o elo perdido entre nós. À noite somente nós dois no seu quarto e ele mais uma vez tenta, avisa que não iríamos dormir logo após sua mãe preparar meu colchão ao lado de sua cama. Ele liga a televisão, pede para nos posicionarmos na horizontal, cada um em seu próprio espaço de intimidade, e me diz:

Vou te mostrar a melhor coisa do mundo.

Não tarda muito para que os quatro olhos, os dele lúbricos e os meus estéreis, se voltem para uma tela com imagens estranhas. Chego a pensar que se trata de um vídeo de um camelo atravessando o deserto, essa é a melhor?, deixo escapar uma risada, ele não ri e logo entendo que aquilo não tem graça, que a mais divertida das brincadeiras é muito séria e que o camelo é, na verdade, uma mulher totalmente nua na areia de uma praia artificial. Fico sério encarando aquela imagem e, quando o observo de soslaio na sua cama lá em cima, noto que está completamente fascinado com aquela montagem. Permaneço rígido no meu colchão alguns centímetros abaixo e vejo seu lençol se mexendo, ondas de vento deixando entrever o toque secreto, a flutuação que resiste a se quebrar ou respingar.

Finjo então que faço os mesmos movimentos, finjo que também aquela sequência de imagens me absorve e que por baixo do meu lençol há uma correnteza, uma agitação sem fim, que cada tombo e recuo nas ondulações inventadas é como um ovo arremessado em mim mesmo, a morte do meu desejo, represado desde então. Até quando devo fazer isso, se o que escondo é só uma miragem de excitação?

Meu amigo, meu único amigo aos doze ou treze anos, passa a respirar com muita força, o ar lhe faltando como ao meu avô de aparência assustadora no hospital, como se o ar debaixo do lençol fosse rarefeito e, no entanto, aquela falta de ar parecesse agradá-lo tanto que ele desejaria que durasse pela eternidade. Logo seu corpo treme por alguns segundos, ele se descobre, resfolegante, e corre para o banheiro, a gosma branca na mão feito o interior do ovo concentrado. Ouço a água da torneira por dez segundos e, quando o barulho cessa, não permito que ele tenha tempo de perceber minha presença, logo corro para o banheiro, sem nada nas mãos, e também ligo a torneira, ainda na tentativa já fadada ao fracasso de mimetizá-lo. Conto até dez e desligo, volto e ele ri para mim, não aquele mesmo riso empolgado de minutos atrás, mas um riso cúmplice. Noto que a televisão continua ligada, mas já em outro canal.

Pouco depois o pai dele entra no quarto, como se, talvez suspeitando de algo, tivesse esperado a hora certa para selar a noite em que meu amigo iria dormir satisfeito e eu, diante da angústia difusa e bela de quem não mais se move, passaria em claro a produzir no escuro do teto um ninho, um camelo, um tubo pelas narinas, os cabelos oleosos, a peruca loira, a pele descoberta do couro cabeludo por causa da quimioterapia, dando um beijo na testa de cada um:

Boa noite, meus filhos.

[2009]

Algumas mortes, mais verossímeis do que a própria morte, se somam não como uma sucessão de fins, pequenos furos na ponta do dedo com uma ponta de agulha que quase não se sente, ou vinte e um gramas perdidos de uma mancha patética tirada debaixo pele, mas como a queda gradual da temperatura do corpo depois que a mente vira entranha, escuridão e esquecimento, camadas e camadas de areia fina se acumulando num cômodo fechado, quase que imperceptivelmente a quem lá dentro sufoca, aproximando o teto do chão. Como quando minha mãe, ao reconhecer a deterioração irreversível do seu pai, meu avô, três meses no hospital e um em casa, também se cansa da vida, tira um cochilo de três dias e acorda no quarto. Ou quando meus colegas pré-adolescentes, que até pouco tempo se apresentavam como meu inseparável grupo de amigos, se transformam naqueles que, no vestiário, depois de uma aula de educação física, só de toalha, me cercam como cruéis inquisidores:

Não sabe o que é punheta, siririca, meia-nove, viadinho?

Um minuto engole o seguinte sem que eu possa capturá-lo como faz o pai de Helena com suas câmeras, uma para cada ambiente e situação, enquanto eu vou me ausentando de todos os lugares onde sou obrigado a estar. A escola, a casa da minha mãe, a casa dos meus avós, os terríveis vestiários, as aulas de natação, e eu nunca seguro em lugar nenhum, de modo que as perdas vão se emparelhando e se anulando, formando uma grande perda das perdas que apontam ainda para uma outra, a perda de mim, o contrário da fotografia. Eu me transformo na imagem do pai que não existe e que, no entanto, está em todos esses lugares comigo, assim como eu também estou ali e lá e me vejo, porém, entorpecido, anestesiado, sem me notar.

O toque do sinal da escola é quase uma permissão de fuga para atravessar o portão, atravessar a cidade, atravessar a porta de casa, depois seus cômodos. Então me sento numa escrivaninha lisa, de madeira, coberta por um pó que me faz espirrar a cada quinze minutos, surgem na tela várias pequenas vidas para não matar ou morrer e uma letra sobre o fim do amor para uma canção que um dia Helena ainda comporia. Vejo a impressora no seu trabalho sisífico de cuspir páginas e mais páginas que seriam jogadas no lixo, exceto algumas que, embora igualmente inúteis, resistem. Aquelas páginas, tocadas pelas minhas mãos inábeis, seriam grampeadas e deixadas debaixo da porta da minha mãe, o teto um pouco mais longe do chão, logo antes de eu deitar na minha cama, cobrir-me até a cabeça até quase sufocar.

Em meio ao frêmito de movimentos e direções múltiplas, afundado cada vez mais no banco dos que nunca são chamados a participar nas aulas de educação física, ao lado do professor que me protege mas ao mesmo tempo sente pena de mim, sou chamado para a sala da diretoria. Isso me tira daquele banco que precede o vestiário e a diretora, que agora sabe meu nome, e me pede para escrever um texto para o jornalzinho da escola que exorte os alunos a doarem seus casacos no inverno, uma campanha do agasalho. Imagino que minha mãe deve ter lido o que eu escrevi e tenha saído de casa pela primeira vez em muitos dias rumo à sala da diretora da escola, que a teria parabenizado pelo filho e pela descoberta de um talento que até então não havia se mostrado nas aulas.

Não demora muito para que as palavras se formem na minha cabeça, me aliviando temporariamente da violência dos dias e, sentado à escrivaninha empoeirada, formo uma imagem em menos de dois espirros, de que os problemas sociais são como um ruído com o qual, quando ininterrupto, deixamos de nos incomodar. É necessário, digo, aguçar os ouvidos para perceber que ele estava lá, pois será um alívio tremendo quando ele cessar, vocês vão ver, esse estranho ruído que eu caracterizei como monótono, cansativo, que incomoda, aborrece, molesta, que rima com sonho e também com medonho.

Não sei o significado de meia-nove, mas esse adjetivo meus colegas certamente não conhecem, o que poderia me colocar, nos meus pensamentos mais íntimos, novamente em pé de igualdade com eles ou mesmo em uma posição superior. Mas quando eles descobrem meu nome impresso no folheto com relativo destaque, o inverso acontece. Um comenta com o outro e começam as risadas, primeiro uma, a do garoto que uma vez me obrigou a nomear cinco marcas de carro sem consultar a internet, depois outra, a da garota que certo dia apostou que ganharia de mim no braço de ferro, depois várias, e tantas, que não consigo mais localizá-las. Só consigo fixar meu olhar na lousa, esperando que meu amigo dentuço, o único que me resta, responda alguma coisa ou me defenda, mas ele se cala, e apesar de repetir mentalmente que aquele texto não sou eu, já não há escapatória. Uma palavra em especial é totalmente minha, só pode ser, e é essa que provoca riso e zombaria, o chão muito perto do teto, que me faz pensar que só quero dormir três dias e acordar no quarto, só pode ser isto que eu escuto, eles só podem estar sussurrando um para o outro:

Bichinha enfadonha, viadinho enfadonho, nunca viu pornô nem beijou de língua!

[2008]

No ano anterior, o Natal deixa de ser doce, de fazer parte de uma lembrança recorrente de colheradas de geleia caseira inundando minha boca e parentes de sotaque italiano inundando a casa dos meus avós com risadas estravagantes, abafando *Jesus alegria dos homens* na vitrola do meu avô.

Começo a me lembrar de todos ao redor de uma árvore de Natal enfeitada, o azul e o vermelho se sobressaindo, todo ano uma dupla de cores diferente, muitas vezes combinando com os leques floridos usados pelas tias-avós para se refrescarem no fim de ano tropical e também com as camisas dos tios-avôs, cujas listras inundam o fim da minha infância com geometria e harmonia. O cheiro da comida natalina se mostra, na verdade, como a fusão de todos os cheiros possíveis, peru, pernil, massa, arroz, feijão, frango, carne, a tradição da fartura no cardápio pensado com meses de antecedência e, apesar disso, é do sabor dos aperitivos de que mais me lembro, todos os tipos de nozes, torradas e a da geleia de morango.

Durante a ceia, observo todos os parentes ao redor da mesa com curiosidade, mas também certa inquietude, pois gostaria de abrir minha boca, fazer-me ouvir silenciando as reclamações em série sobre as empregadas domésticas de cada tio ou tia e as discussões acaloradas acerca do presidente cuja voz rouca é imitada por alguns em tom de deboche. Tento prestar atenção na minha avó, no vaivém entre a sala de jantar e a cozinha, pratos limpos, pratos cheios, uma gota de suor escorrendo pelo rosto, na minha mãe, no vaivém das conversas estridentes, e no meu avô, na ponta da mesa, falando apenas quando necessário e, às vezes, para criticar a comida da minha avó. No meu bolso, algumas palavras guardadas, recém-escritas, ainda frescas na minha cabeça.

Sem conseguir comer tudo, deixo meu prato meio cheio, me afasto da mesa de jantar e me sento junto ao resto da família na sala de estar, onde alguns esticam os pés na frente do ventilador para tirar um cochilo antes que cheguem à mesa as sobremesas, torta holandesa, pudim de café, mousse de chocolate, rabanada, mosaico de gelatina, manjar de coco, pavê de pêssego. Reparo no teto, reparo nas paredes, reparo no suor estacionado no buço da tia-avó embriagada que se segura nos móveis para não cair:

Porca miseria!

Procuro me apartar daquela euforia de vozes se sobrepondo e rindo das maiores mediocridades. Ouço o relógio marcar onze horas e chego a tocar o papel em meu bolso e a decorar meu prelúdio, frases que nunca têm fim. Alguns minutos após o brinde, meia-noite no relógio, taças se encontrando e o resto de vinho sendo entornado por velhos e moços ao redor da mesa, meu avô, como se não quisesse ouvir o que os outros teriam a declarar, se adianta e faz um aviso sem grandes rodeios. Declara a todos que venderá o sítio, aquele aonde íamos para colher morangos, ver aranhas do tamanho de uma mão de adulto e correr no meio da mata saltando os cipós, conta a história da compra e os motivos que o levaram à decisão, comenta a falta de disposição para cuidar e a falta de confiança de pagar alguém para isso, diz que não há o que se argumentar e, mesmo assim, muitos *catzos* invadem o ambiente.

Ao ouvir aquela declaração inesperada e a reação dos parentes provavelmente mais interessados na herança do que no que o espaço representa, decido me trancar no banheiro e apenas ouvir a cena, sem mais visualizá-la. Alguém bate à porta e pergunta se está tudo bem. Da segunda vez distingo a voz de minha mãe, que se impacienta do lado de fora, um pouco alterada pela bebida. Na sala, um falatório sem fim, sôfrego e urgente, assuntos paralelos se chocando com o principal, muitas opiniões sobre tudo em português e italiano, e muitas vozes alteradas, inclusive a do meu avô, ora explicando sua decisão, ora xingando. Tento compreender o que dizem, mas as vozes parecem se diluir no ar. Ouço minha mãe, furiosa, descendo as escadas em direção à saída:

Seu bando de merda, seu bando de cu.

A fúria descabida, a ruptura de palavras sem significado vai enfraquecendo conforme ela se afasta, então ouço seu carro dando ré na garagem e cantar os pneus pela rua iluminada com luzinhas de Natal. Sinto-me soprado como poeira, arremessado para onde o afeto não chega, e parece que a poesia do meu bolso se desfaz e vai pelo ralo como o jato de entranhas decompostas. Depois, faz o silêncio novamente, exceto pelos ruídos habituais da casa, um nariz escorrendo, uma tosse de pigarro. Os que sobram, sonolentos, agora devem estar arrotando pernil e sorrindo de dentes manchados de vinho. Como ninguém fala nada, ninguém comenta o que se deu, constato que a ordem das coisas se mantém e tudo permanece em seu devido lugar. Respiro, desapontado e aliviado, colo a cabeça na porta e ouço ao longe, na vitrola do meu avô, "Despertai, as vozes ordenam".

[2007]

O episódio do Natal não seria a primeira vez que me recolheria em consequência da ira desmedida do mundo, outra das mortes mais verossímeis que a própria morte. Certo dia do ano anterior, canso-me do videogame, viro a caixa com todos os meus bonecos no tapete do meu quarto na casa dos meus avós e corro para a cozinha, azulejos frios e interior esfumaçado, de onde me chamam para o almoço. Não consigo comer tudo como de costume, arroz e pedaços de frango espalhados pelo prato, o que faz minha avó, como de costume, me chamar a atenção, dizer que estou ficando fraco e que um dia vou sumir, sem nem me perguntar se sumir não seria uma das minhas vontades.

Do quarto para a cozinha, da cozinha para o centro da sala, não me interessa mais o tambor colorido em forma de raquete de Laio, sua verticalidade óbvia e sem graça, mas a horizontalidade do piano de cauda, preto e lustroso, mantido fechado e com uma tira de feltro vermelha sobre as oitenta e oito teclas, como um longo tapete que não convida ao desfile mas que atiça minha curiosidade. É nesse instrumento imponente e misterioso, tocado apenas em ocasiões especiais pelas mãos do meu avô, quase proibido, que eu gostaria de me engrandecer, eu mesmo, no tamanho certo para o banco adaptável, pé esquerdo no chão. Dispo o mundo harmônico que é o piano coberto e é lá que eu encontro refúgio, desfilando as mãos entre notas que desconheço e produzindo ruídos dissonantes enquanto meu avô não volta para casa, é lá que eu me amplio no mesmo plano por toda a casa e me escondo sem desaparecer.

Nesse dia lancinante, contudo, meu plano dá errado e logo me encontro paralisado, sem reação, pois meu avô chega mais cedo e me flagra martelando as teclas sem nenhuma delicadeza. A luz da tarde invadindo as amplas janelas da sala e produzindo um jogo de sombras, cacos de vidro espalhados pelas paredes externas, reverberando as pancadas estridentes de antes para além da casa, fustigando-o. É essa violência que seus olhos carregam quando descobre o criminoso e o encara frente a frente, imagino eu, uma espécie de traidor, um infiltrado na sua própria família, a quem ele esmagaria sob o peso de um destino sem emancipação. Ele para e me encara, me olha de cima e, com aquiescência e alguma calma, e não com as feições de decepção deduzidas antes, vem em minha direção, pega seus óculos em cima da estante e os coloca, senta-se ao meu lado, diz que vai me ensinar a melodia de *Für Elise*, só daquela vez, para que eu nunca mais me esqueça.

Aquilo não passa de um alívio efêmero, não por causa das inúmeras tentativas frustradas de acertar as notas, sem saber nada a respeito daquela sequência melódica ou do instrumento em si, mas porque, na minha vontade incontida de pisar com força no pedal à direita, por imitação aos raros momentos de observação do meu avô, chuto sem querer sua perna. Sem esperar que eu me justifique ou peça perdão, ele se levanta raivoso, praguejando contra mim e erguendo as mãos para o alto, não mais no afã de conduzir uma orquestra, mas de colocá-la abaixo, de ver o céu desabar sobre aquele que deixa momentaneamente de ser objeto de amor, seu único neto, e se transforma no alvo da sua intempestividade descontrolada, a violência toda que guarda dentro de si, a mesma sofrida por sua esposa há décadas, de súbito despejada num garoto de dez anos, incapaz de chorar ou abrir a boca para falar qualquer coisa que fosse.

Querido vovô...

Escrevo, já no chão do meu quarto, a lápis numa folha de caderno, quando a explosão cessa e dá lugar a um profundo mal-estar. Depois, não sei como continuar, a saudação já me parecendo suficiente para o recado que quero passar. Olho ao redor em busca de inspiração, para os bonecos que deixei no chão ou sobre a cama, para o videogame sob a televisão. É a primeira vez que escrevo sobre mim, e para alguém, é a primeira vez que observo a minha dor e preciso falar sobre ela, furtando-me de explicá-la, explicitá-la, mas com a urgência de delimitar um espaço ao seu redor para isolá-la. Nada me vem, nada sai, e só quando percebo que já escurece e não é mais possível subir no telhado para me esconder e ver todo mundo de lá.

Não tenho certeza se sonho ou custo a pegar no sono, mas me lembro de ver minha avó surgir ao meu lado e, num ato que escapa dos seus ciclos de palavras repetitivas, quase sem variações, me pegar pela mão a me conduzir, no escuro, até o piano da sala, como se me chamasse, me pedisse para descer do telhado e colocar os pés no chão, horizontalmente em relação a ela. Dó, ré, mi, fá, sol, lá, si, e para o dó eu devo recomeçar, seguindo os movimentos doces que ela me transmite de uma canção que inventa. Aos cochichos, ela me revela que sabe tocar piano melhor que meu avô, tem mais habilidade com as mãos, mas nunca fala disso porque não estudou como ele e não sabe que *Canção dos cisnes* é de Schubert nem que não foi ele que deu esse título. Ela enfim pendula levemente a cabeça na minha direção, o rosto feito pintura a óleo, enquanto minha mão esquerda, até então no meio do peito, passa a acompanhar a direita sem lição prévia.

[2006]

Com quase toda a certeza, um tanto considerável de exatidão, me lembro que, certo dia, cerca de um ano depois do episódio dos morangos e da viagem de carro, quando meu avô havia parado um pouco de morrer, entendo tudo de uma só vez, entendo o que havia acontecido no ano anterior e como seriam os próximos, e desde então nunca mais me livro do que descobri.

Nesse dia, abafado e chuvoso, de verão ou primavera, minha avó assiste à televisão enquanto eu brinco no chão da sala com meus bonecos e invento histórias, a poucos metros de onde ela está sentada, separado apenas por um sofá branco de linho, e ali, confortável e seguro do lado de dentro da casa, espécie de estufa serena com seus ares adocicados e diálogos banais de uma novela como música de fundo. Já vou me sentindo alegre com a perspectiva de aquilo durar até a noite, e até faço planos de dar sequência aos destinos dos meus heróis e vilões miúdos, mas essa minha expectativa é imediatamente frustrada quando meu avô sai de seu escritório, vai em direção à sala onde estávamos, olhar determinado e austero, pega o controle remoto em cima da mesa e, sem perguntar à minha avó, nem dizer palavra, desliga a televisão, o que a deixa por alguns instantes sem reação, um espantalho que não se move contemplando a tela preta, como se seu olhar também tivesse sido desligado com o controle remoto. E, disso nunca vou me esquecer, ela só volta a piscar com olhos crepitantes no momento em que meu avô se senta ao lado de sua vitrola, estende as pernas e pede que ela escolha algum disco para todos nós ouvirmos juntos.

Mas eu não sei…

A organização da coleção de discos obedece a alguns critérios rígidos, os mais raros no topo da estante para ninguém conseguir alcançar, aqueles comprados fora do país ficavam logo embaixo, em ordem alfabética, e os outros nas três prateleiras restantes, divididos por nacionalidade, data, nome do compositor e nome do regente, e um pouco mais abaixo ficamos sentados meus avós e eu, em meio à velhice dos dois, um silêncio quase absoluto, não fosse pelas gotas fartas batendo no vidro que dava para o quintal, quebrado pelas primeiras notas de *Canção dos cisnes*, o disco que minha avó escolhe, hesitante, a mando do meu avô.

Claro que sabe.

O som da música da vitrola em cima de nós, embaixo de nós, em frente e nos lados, sem lugar e por isso mesmo desmedido, pois de todos os cantos vem o som do violino e do piano, ora se alternando, ora se sobrepondo, e em primeiro plano um barítono cantando em alemão, a voz de alguém que não existe mais, pronunciando palavras de alguém que não existe mais em cima de uma música composta por alguém que não existe mais. À medida que ouço aquilo, sinto um medo de existir e também de inexistir, e sou invadido por uma angústia nauseante, crescendo em meu peito, tomando por inteiro meu corpo, que arqueava de tanto peso do mundo. Depois disso um ardor, um temor descomunal explode em mim feito uma combustão, um fósforo acendendo no ar empesteado de gás, meus músculos retesam naquele sofá de três lugares em frente ao vidro inteiramente tomado pela água, espelhando minhas córneas já úmidas, embaçadas, que talvez tenham visto meu avô lançar um olhar furioso à minha avó e ela se desfazer em pó, em areia, e se espalhar pela casa inteira depois que um sopro acidental escapasse de meus lábios amedrontados.

É só uma lenda.

Seguro com mais força a mão de cada um, querendo chamar atenção para as minhas aflições, quantos homens, quantas mulheres, quantas mães e quantos pais, quantos ancestrais rodam comigo naquela vitrola, naquele movimento circular, ininterrupto e estonteante, e, apesar dele, uma progressão harmônica enfim nos leva a um poema de lamento sobre, depois entendo, um homem se dirigindo a seu duplo, que ocupava a casa onde havia morado seu grande amor, e agitava da janela as mãos em agonia. Ao ouvir as palavras amargas dessa voz operística, aperto com tanta força as mãos dos meus avós que elas escapam, deslizam para fora de meu domínio, e já não são mais eles que eu busco, mas minha mãe, que só existe em períodos muito breves e confusos, e, já não mais senhor dos meus gestos, talvez eu tenha corrido por toda a casa em desespero à sua procura, na cozinha, nos corredores, na escada, nos quartos, no porão, não posso deixar de avisá-la que ela não poderia ter feito isso, não poderia ter me dado à luz sem que eu não pudesse ter a opção de decidir quando voltaria à escuridão, de eleger qual seria meu último canto. Quando finalmente a encontro, no quarto reservado a mim na casa dos meus avós, brinquedos revirados, é outro homem que está em cima dela, que agita os braços e as penas no que parece ser uma aflição terrível. Penso em dizer que havia escutado a palavra estupro na escola e fui procurar seu significado no dicionário, penso em perguntar se ela havia sido estuprada por meu pai e se por isso nunca fala dele, até que há um espasmo e o disco se rompe, espatifa-se na vitrola e é por ela engolido.

O que você tem?

Nada não, teria dito meu avô ou minha avó ou eu mesmo, já de volta à sala, quando o conjunto de músicas chega à última canção, ao último poema, a chuva amansando lá fora, e assim que meu avô sorri, minha avó sorri em seguida, aliviada, e os dois largam minha mão como se tivéssemos acabado de fazer um passeio de montanha-russa e agora eu estivesse livre para ir brincar seguro no chão. Incapacitado de mover minhas pernas, inclino meu rosto para o lado da minha avó, que o segura junto ao peito com uma frieza e indecisão que me assustam, e mesmo a música tendo cessado, e meu avô se levantado e ligado novamente a televisão, para enfim voltar ao seu escritório, continuamos lá os dois, enrijecidos, tão próximos fisicamente, entretanto, afastados pelo medo que cada um sente.

Não sabe o que você tem?

Meu fim eu até podia conceber, mas não o fim de todas as coisas, esse nada não cabia em mim de jeito nenhum. Como se, diferentemente de um trovão que troveja, de uma planta que prospera, de uma abelha que poliniza, eu não fosse o resultado de casualidades materiais e pudesse, sim, escolher minha hora e vez, meu último canto ou último grito, refutando a espera pelo desfiladeiro imprevisível, renunciando à condição de neto de um avô em queda e de uma avó cujos olhos pequenos e redondos se tingem resignados de sombras. E tudo isso definido somente por uma cena com meus avós que imagino para aquele dia, tal como me lembro:

Dizem que os cisnes só exibem seu canto mais bonito antes de morrer.

[2005]

Sem sinal de tosse ou da doença sorrateira que viria a matá-lo sete anos depois, meu avô dirige pelas estradas francesas um carro alugado, começando pelo trajeto de Paris a Orléans, onde passamos pela estátua da Joana D'Arc e visitamos um casal de amigos seus, músicos, que, ao final do encontro, fico sabendo depois, me chamam de brincadeira de Louis XIV, reizinho cujas vontades são realizadas prontamente. Naquela época, não conseguia conceber como uma língua estrangeira podia ser a língua materna de alguém, como os fonemas estranhos a mim lhe eram naturais, como aquelas palavras que eu só tocava se percorresse uma corrente lenta e caudalosa estavam, para esses sujeitos que movimentavam a boca de maneira estranha, na fonte. De Orléans vamos ao Castelo de Chambord, a meu pedido, onde meu avô me conta sobre a mágica escada em espiral e me mostra como se pode subi-la ao mesmo tempo sem nos vermos. De volta ao carro, a caminho de Pau, meu avô me explica o que são os Pirineus, o que são as fronteiras entre países e avisa que nem sempre há montanhas, rios ou mares entre as nações, mas só uma linha invisível, mas não mágica, em que devemos acreditar. Quando me explica isso, lembro-me do teatro de fantoches do Jardim de Luxemburgo que havíamos visto dias antes em Paris, um teatro onde não há fios, mas mãos que devemos desconsiderar para crer no movimento autônomo. Hoje, aqui neste quarto estudantil solitário, poderia discorrer a partir dessa lembrança sobre Kleist e as vantagens dos títeres sustentados por fios sobre os dançarinos vivos, mas não é sobre isso que desejo falar, ou talvez não exatamente sobre isso, então deixemos isso para lá e continuemos na estrada com meu avô e minha avó, ela sempre em silêncio, como uma marionete deixando que meu avô fale por ela, cuidando apenas da barraca que usamos para acampar nos campings de estrada e da nossa comida requentada num fogãozinho a gás. Ela que, mesmo zelando por nós com o maior empenho, às vezes é xingada por meu avô com veemência, quando esquece sem querer a barraca aberta com dinheiro dentro, por exemplo, ou quando gasta mais que deveria ao comprar bonecos de brinquedo numa loja de departamentos no meio da estrada. Os bonecos adquiridos em segredo por minha avó são minha única distração dentro daquele carro, mesmo minhas brincadeiras devendo ser silenciosas, as falas que seriam ditas por meus personagens devendo ser reproduzidas apenas na minha cabeça, e não pela minha boca, como um fantoche sem dono, ou cujo dono perdeu a voz. Parece que tudo dura uma eternidade, parece que estamos pendentes de um destino que nunca chegará, visto que o que importa é atravessar a estrada por horas e horas e depois voltar para casa, só pela travessia de nós três, a paisagem como um cartão-postal que se repete, e tanto, que me volto para dentro, e sou até capaz de decorar a textura do assento do carro e da minha pele. O tempo de tédio no meu colo, cabriolando, é apaziguado somente quando o carro para e o mundo se abre de novo para nós, às vezes com alguma surpresa, como quando num dos campings um menino francês da minha idade me estende a mão e eu penso que ele quer me cumprimentar, mas logo ele me faz sentar e entendo que ele me pede para tirar braço de ferro. Meu corpo feito terra estrangeira, às vezes pântano, às vezes deserto, e eu sinto a textura de sua mão e ganho dele, como se soubesse da sua força e da minha, mas não, sua mão é um fantoche como a minha, como agora, em espera, escolhendo a melhor palavra enquanto a reproduzo na cabeça. E o que faz o dedo que espera, senão dançar ansioso pelas teclas, buscando novas esperas? O tempo do dedo irrequieto se preenche a conta-gotas, penso em mutilá-los, mas não, o dedo que espera não consegue escrever, *só escreve o dedo que não espera mais nada*, e eu não espero nada. Voltemos mais uma vez, voltemos pela última vez à viagem que é uma espera, porque de Pau vamos ao meio da Espanha, as luzes fora de foco na estrada explodindo no meu rosto, meu avô cantando trechos de *Carmen* e *O barbeiro de Sevilha*, sua voz parece carregar nostalgia, quando o passado segura o peito para o coração ficar suspenso. Não sei bem o motivo, mas lá pelas tantas tenho uma ereção e, embora saiba que ela está lá, que ela existe, não sei o que significa. Meu avô aguenta dirigir até metade do caminho e ficamos num camping onde há um trailer em vez de barraca e um campo de golfe em miniatura com vários níveis de dificuldade. Jogo uma, duas, jogo três, um homem de quarenta anos tenta me ajudar e procuro nele traços que poderiam ser do meu pai, eu me amplio, dilatado pelo sol, mas minhas mãozinhas não têm mais força e está na hora de dormir. Sinto um pouco de saudade da minha mãe, mas só um pouco, só de leve, e de manhã partimos ao norte de Portugal, em Óbidos, onde tenho um ataque de riso na apresentação de fado, a trágica cantora se transformando em comédia. E continuo gargalhando e gargalhando até o fim do jantar, todos ao meu redor me olhando com desprezo, o reizinho que só faz suas vontades, esquecendo-me de que não tenho nada a meu alcance a não ser a ideia de continuar mudo, desfolhando as árvores, tingindo a noite, distraindo a monumental solidão. No resto da viagem, envergonhado e orgulhoso ao mesmo tempo, me concentro em não me mexer mais, a fim de deixar minhas pernas dormentes de propósito, aguardando ansioso pelo momento em que o carro chegará, enfim, a Lisboa, nosso destino final, e meu avô possa dizer uma única palavra, tão esperada, anunciando com espanto o fim da viagem que nunca termina, essa viagem que é percorrer as fronteiras sem enxergá-las ou concebê-las, as minhas fronteiras na viagem pelo corpo, pelo canto, a palavra que me faria levantar como um títere, contra a minha vontade, mas em seguida, e dessa vez manipulando meus próprios cordéis, cair, minha primeira e infindável queda:

Chegamos.

Hélio

[VIII]

Lisboa, 10 de fevereiro de 2019.

A vista da Ponte 25 de Abril me distrai. O taxista, até então calado, me conta a história da ponte, a mudança de nome depois de 1974, reclama dos acidentes constantes no tabuleiro superior. Lembro-me, então, de Dóris e de sua mãe, Thalia, meu fardo de todos os dias, minha amante de uma noite só. À Ísis, mando uma mensagem dizendo que nunca estive melhor, à Thalia pergunto se algo havia melhorado. A Marcos confirmo que não vou comparecer a nenhum evento porque preciso me concentrar.

"Chegamos", anuncia o taxista, como se não se pudesse concluir sozinho. O Teatro Municipal de Almada é de um azul tão vibrante que, não fosse fim da tarde, se confundiria com o céu. O cartaz da peça *Uma visita inoportuna* ocupa grande parte da fachada, entre o vidro escuro e a entrada. Nele, o desenho de uma cama de hospital, cujo espaldar é formado pelas sombras dos visitantes ao paciente moribundo, e balões de festa compõem suas laterais.

Como chego em cima da hora, logo me dirijo ao meu assento. O palco não conta com cortinas, de modo que é possível ver a cama no centro do palco, as poltronas brancas espalhadas e a porta cenográfica. Ao toque do segundo sinal, senta-se ao meu lado esquerdo um garoto encapuzado, jovem, com idade para ser meu filho. O capuz deixa entrever um nariz pequeno, uma boca fina e uma pele bastante pálida, mas não mais que isso. Ele cruza as pernas e os braços, gesto típico de quem precisa se manter preservado, fazendo do próprio corpo uma armadura. Mostra-se rígido. Terceiro sinal e o espetáculo começa.

Impressiona-me o talento do ator que representa Cirilo, o soropositivo que comemora o segundo aniversário de sua doença. É verdade que a combinação da maquiagem exagerada, que o deixa com a pele tão pálida quanto a do garoto ao meu lado, e da peruca colabora na composição do personagem e nos faz rir quase sem perceber da doença e da morte, à maneira de Molière – aliás, não é coincidência que Copi tenha morrido nos ensaios de *Uma visita inoportuna* e Molière na quarta apresentação de *O doente imaginário*? De todo modo, adereços e lembranças fúnebres à parte, suas expressões faciais são de uma elasticidade tamanha que não consigo desviar minha atenção para nenhum outro personagem.

É assim, sem grandes contratempos, entretido com o talento de um ator português cujo nome não gravo, que transcorre a maior parte da peça. Porém, concomitante à chegada à cena da Regina Morti, a cantora de ópera, passo a ouvir, a cada dez segundos, um nariz fungando. A princípio acredito que se trata de uma rinite descontrolada de alguém. E, a cada fungada, olho para os lados e para trás, em busca da coriza inoportuna. Na quinta tentativa, identifico que o som vem justamente do meu lado esquerdo. Fico tão incomodado com o barulho recorrente, quase cronometrado, que as vozes de Cirilo, Hubert e da enfermeira se transformam em pano de fundo para a sinfonia desagradável. Penso em mudar de lugar ou pedir para o garoto se retirar e só voltar depois de comprar um corticoide na farmácia e aplicá-lo nas narinas. Desisto desse impulso mais agressivo quando o garoto leva o punho ao rosto, pois aí percebo que ele não está com rinite, mas enxugando suas lágrimas, resultado de um choro silencioso, mas contínuo.

Mas por quê, eu me pergunto, se a história transcorre como um pastiche, desfile burlesco sem qualquer dimensão sentimental? Sem compreender sua emoção, a cena dele me perturba mais do que a peça em si. Todos na plateia riem de Cirilo se transformando numa estrela que encena sua própria morte, dos personagens caricatos e da situação absurda. O garoto, por sua vez, não ri tragicamente como esperado, como os outros espectadores, ao contrário, passa mais de uma hora aos prantos. Percebendo meu olhar, ele tentar seguir de forma comedida: um choro contido de um corpo falante – nesse caso, sussurrante.

Devo fazer uma ressalva, para não exagerar o tom. O choro dele não dura até o fim da peça, como talvez tenha dado a entender. Pouco antes do desfecho, começa uma coceira no meu ouvido esquerdo. Bem lá no fundo, dentro do canal, uma coceira incontornável. Então, tento aplacá-la com meu dedo mindinho: fingindo que estou acariciando minha orelha, como um tique de alguém reflexivo, por exemplo, de alguém que precisa tocar a orelha para prestar mais atenção, introduzo meu dedo até onde posso. A coceira não passa de pronto, mas após repetir esse gesto por três vezes, chego ao meu objetivo.

Ocorre que, no retorno do meu braço à posição de descanso, após a última coçada, sem querer acabo encostando no braço do garoto e assim permaneço até o fim. E o que mais eu poderia fazer? Se o tivesse tirado de perto de imediato, poderia parecer um sujeito impaciente; se tivesse esperado um pouco antes de afastá-lo, alguém que não suporta qualquer contato humano duradouro. O que importa é meu braço continuar encostado no dele até o fim da peça, quando sinto imenso alívio de, enfim, poder me levantar e seguir meu caminho longe dele. Fato é que, desde que nossos braços se encostaram, o choro cessou, talvez porque tenha achado que o estava reprimindo com meu braço, talvez pensando que o estava consolando. Seja qual for a razão, as fungadas dele param quando meu braço esquerdo encosta no seu braço direito.

Resto de noite no meu apartamento, após uma viagem de retorno a Lisboa mais tranquila e agradável do que a ida: apenas as árvores magras se sacudindo no escuro à força de um vento difuso, o véu de estrelas acima da ponte, o som raro do carro dos insones. Chego, tiro quase toda a roupa, jogo-me na cama e folheio os livros que trouxe comigo na mala. Estico o braço e janto alguns amendoins que haviam sobrado do dia anterior. Não consigo, por mais que tente pensar em outra coisa, tirar da cabeça as feições do garoto no teatro.

[IX]

Lisboa, 28 de fevereiro de 2019.

Ainda custo a entender tudo o que aconteceu ontem. Dói-me a cabeça e o braço esquerdo, assim como parte do músculo do peitoral; sinto frio nos pés, que também formigam de cinco em cinco minutos; falha-me às vezes a respiração, como se fosse possível desaprender a inspirar oxigênio e expelir gás carbônico. Desses sintomas, o que mais me aflige são as pontadas que tomam conta do braço esquerdo e irradiam até a região do coração. Acabo de conferir que minha pele está levemente arroxeada nessa área: uma marca de circunferência imperfeita, disforme e quase preta, contida dentro de uma maior, roxa, que conforme se alarga vai perdendo a cor. Deve ter sido aí o soco, compasso sem precisão. A cabeça, imagino que consequência de excesso de álcool ingerido. O aperto no peito terá sido da queda?

"Faremos nossa primeira parada em Estoril. Teremos meia hora para apreciarmos a praia, apesar do frio, e tirarmos algumas fotos. Almoçaremos em Cascais, num restaurante típico, próximo ao Paço da Cidadela e com vista para o mar. Em seguida, continuaremos nosso passeio até a Boca do Inferno e voltaremos a Lisboa ainda pela tarde", diz o guia da excursão, após todos se acomodarem em seus lugares no ônibus.

Pelo que posso observar, a maioria dos passageiros tem a minha idade e viaja em casais, às vezes com os filhos. São europeus, americanos ou brasileiros, conforme identifico de imediato pelo modo de falar e se vestir. A pequena viagem pelos arredores de Lisboa me serve como distração de dias intensos, mas pouco produtivos, em que passo horas andando a esmo, comprando bugigangas que não terão espaço na mala, ou vendo programas portugueses da pior espécie na televisão, ou com o celular na mão, lendo notícias, fazendo pesquisas, consultando as redes sociais e postando fotos em preto e branco de azulejos coloridos.

O ônibus para bem em frente à Praia do Tamariz, vazia nesta época do ano. Os turistas, um a um, saem agasalhados para apreciar a vista sem tocar os pés na areia. O vento frio, carregado de minúsculos grãos de areia, me acerta assim que ponho a cabeça para fora. Suspeito que ficamos todos nos forçando a aproveitar aquele momento, andando cinco passos para lá e para cá na orla e tirando fotos, embora nossa vontade seja voltar ao ônibus climatizado e seguir viagem até pontos mais interessantes. Apanho meu celular para uma foto do Forte da Cruz, onde acontece, a julgar pelas pessoas que se entreveem próximas à porta e suas roupas, um casamento elegante, para poucos convidados.

Depois de fotografar aquela festa ao longe de uns três ou quatro ângulos diferentes, num impulso quase voyeurístico de minha parte, parece que algo sai dos eixos. Até agora custo a acreditar no que acontece em seguida. "Quer que eu tire para você?" Ouço uma voz masculina suave e levemente embargada. Volto-me para a origem daquela proposta gentil, dita com sotaque português, e preciso me conter para não deixar transparecer o susto que tomo ao ver em minha frente o mesmo garoto do teatro, com o mesmo moletom com o capuz cobrindo sua cabeça. Dessa vez, tenho a chance de observar melhor seu rosto, cujos músculos não se mexem. Respondo um "não precisa, muito obrigado" ainda assustado pela coincidência, antes de voltar ao ônibus.

Reparo quando o garoto entra no ônibus e se senta algumas fileiras para frente, num lugar impossível de visualizar da minha posição. Por isso não havia reparado na sua presença? Faço questão de manter distância dele também à mesa reservada para o grupo no restaurante de mariscos: fico numa ponta e ele em outra, e somos os únicos a não abrir a boca para falar do início ao fim do almoço. Seus movimentos ao comer são bastante lentos e, embora com a cabeça encoberta, dá para supor suas mandíbulas trabalhando com vagar.

Da janela, vê-se que o mar está agitado, irritadiço, barulhento. Perco a noção do tempo a essa altura, mas estou quase certo de que não dura nem um minuto do restaurante, passando pelo Farol de Santa Maria, até a nossa última parada. O guia pede para sermos cautelosos, especialmente com as crianças presentes, pois em dias de mar agitado o lugar pode se tornar perigoso. Passamos todos juntos o pequeno portão que se abre para o caminho de pedras polidas, com vista para o abismo à nossa direita. Caminhamos devagar, parando para tirar mais fotos da gruta formada pelas rochas erodidas. Impressionam as ondas desabando na cavidade escavada pela água, virando espuma. O vento continua forte. O garoto vai à frente, como um desbravador, menos interessado em registrar boas imagens do que ser o primeiro do grupo a ver cada detalhe. Ele se detém apenas para ler com atenção o que está escrito na placa colada em uma das pedras. Esforço-me para ler aquelas letras quase apagadas:

Não posso viver sem ti.
A outra Boca do Inferno
Apanhar-me-á – não será
Tão quente como a tua.

Descemos as escadas segurando uns nos outros, até chegarmos o mais próximo possível da entrada da água. As ondas batem nas rochas, furiosas. Durante esse período, contudo, não ouço mais nada. Nem os sons das colisões da água, nem as explicações e os alertas do guia. Aquele mar até poderia nos contar histórias de navegação e aventuras colonizadoras, ou de civilizações antigas que resistem às ondulações eternas do oceano, ou da Cila e divina Caríbdis. Mas não – sequer um sussurro. No silêncio denso e saturante desse cenário, avisto o garoto pender o corpo para a mureta e, então, como na estátua de Laocoonte, a ação congelar pouco antes de seu ápice. A morte iminente diante dos meus olhos. Dessa vez posso evitar, devo ter pensado.

Corro o quanto posso e agarro seu braço com toda força. Ele logo se desvencilha de mim e, tirando o capuz, me mostra feições de descontentamento. Pergunta-me se sou louco, profere alguns xingamentos. Ao nosso redor, os demais turistas cochicham entre si. Ele retorna sozinho batendo os pés no caminho de pedras, e entra de novo no ônibus parado. Envergonhado com aquele meu ímpeto desnecessário de salvação, deixo-me ser absorvido pelo horizonte nos restos de minutos da parada e só dou meia-volta quando todos já estavam acomodados em seus lugares, prontos para voltar. Na viagem de volta, ao anoitecer, uma inquietação sem propósito, angústia excessiva do espírito por coisa alguma. Por que sair de Lisboa? Por que voltar a Lisboa? Recordo-me bem dessa parte: o ônibus acelerando, as vidas através da janela. Vejo o garoto na outra ponta com fones de ouvido que, em poucos minutos de estrada, parece adormecer, tranquilo.

Tenho a oportunidade de pedir desculpas ao rapaz pelo deslize quando estacionamos no centro de Lisboa, mas, por covardia, não o faço. Deixo que ele suma pelas ruas tão inadvertidamente quanto se materializou para mim, como fazem as inspirações de ordem artística. Em vez de me dirigir à Mouraria, vou ao Chiado para caminhar e espairecer. Ando por cerca de meia hora, até sentar-me num bar que me parece simpático e atraente. A partir daí, os fatos ficam confusos e embaralhados. Recordo-me de pedir uma garrafa de vinho e, depois, mais algumas cervejas. E sei que um sujeito ao meu lado ficou me pedindo que falasse mais baixo. Creio ter ouvido um rasgo xenofóbico de sua boca, e de tê-lo empurrado. Acordo deitado na rua, talvez algumas horas depois, como alguém no fundo do poço e, de alguma maneira, na minha cama já perto do fim do dia de hoje.

Consulto a data de hoje no calendário que trouxe comigo. Ele me diz, com circunferências roxas em volta dos pequenos quadrados contendo as datas, que está chegando o Carnaval no Brasil.

[x]

Lisboa, 8 de março de 2019.

Viver que é muito solitário; escrever, não. Resgato, a cada palavra depositada na página em branco, as assimetrias, pulsações, temporalidades e temperaturas dos três rapazes que, inevitavelmente, se sobrepõem: Hector, na minha mais longínqua (mas ainda muito viva) memória; meu filho, a minha eternidade em forma de perda (e o inverso); e o anônimo encapuzado, lembrança mais recente e aparentemente desimportante, porém de potência reveladora. São visões e sons, em especial dos últimos momentos com cada um, fardos no coração e na mente, transformados em coisa escrita.

E, no entanto, tê-los como companhia fictícia, ainda que para produzir algo externo a mim, tem consequências internas: minhas costas doem, o cansaço me consome, meus olhos estão ressecados de tanto contemplar a tela. Se algum escritor asseverou que sua atividade era catártica, desopilante, decerto estava mentindo. Para mim, ao ocupar páginas, a escrita ganha peso não apenas fora, mas sobretudo dentro.

Em alguma medida, sempre soube que a escolha pelo nome Eitor à minha narrativa seria, antes mesmo de haver decidido qual o enredo mais cativante e a dicção mais adequada, a criação de um campo magnético para colocar em órbita tudo aquilo que meu filho viveu ou poderia ter vivido. O mal-entendido na Boca do Inferno, onze dias atrás, apenas serviu de pretexto para, tendo-o já rebatizado em homenagem àquele cuja vida eu verdadeiramente pude salvar há vinte e dois anos, em Paris, deixar-me tragar pela força do nome e retraçar seus passos da maneira como eu os entendo hoje. Não sei ao certo se imaginei primeiro sua origem, seu fim, ou a ausência de ambos.

A desistência, às vezes, é vivida intimamente, e pouco a pouco. Procura-se inventar a infância, a própria história, inventa-se uma origem antes da própria existência, quando ainda poderia deixar de existir. Quando tudo isso acaba, quando não se pode mais seguir adiante porque aquilo se esfacela e se transforma em detritos pouco aproveitáveis, põe-se a morrer – não como um ato deliberado de tirar a vida, mas abandonar-se ao próprio azar, configurando o vazio que nunca pôde nomear, como quem se deixa morrer dentro de um carro que está dirigindo.

Só saberei dizer o que serão estas linhas se ninguém me perguntar a respeito. Ou que encontrem a resposta nos livros que li com trinta e cinco anos e nos que li recentemente, nos sobressaltos que passei durante o nascimento do meu filho e durante o seu velório, naquela música que tocou naquele domingo, nas noites viradas com Ísis, ouvindo-a chorar ao meu lado, nas transferências bancárias para Thalia cuidar de Dóris no hospital, nos meus pacientes, professores, alunos, e também em um garoto congolês com pretensões de artista e que quase desistiu de tudo por um mal-entendido, quando acreditou ter chegado ao fim a maior de suas criações.

Talvez em breve precise dar alguma resposta a Marcos. Meu querido editor tem me enviado, nos últimos dias, alguns e-mails e mensagens. As primeiras tentativas de contato, e-mails longos, começam em tom ameno, perguntando-me se a estada em Lisboa está do meu agrado, se tenho conseguido me distrair um pouco das notícias e trabalhar meu luto, e terminam questionando sutilmente a respeito do andamento do livro. Mais recentemente, tem abandonado a introdução cordial e me envia mensagens curtas de cobrança. "Viu meus e-mails?" "Por favor, me responda! Mande um sinal de vida!" Todos esses e-mails e mensagens já foram excluídos.

Lá fora o tempo está feio, nublado, chuvoso. Em nome da disciplina e da nova rotina que procuro estabelecer, quase não tenho saído do apartamento, exceto para comprar mais filtro e pó de café. Tenho comido pouco e toda minha alimentação se baseia em comida congelada, que se limita às seguintes opções do mercado ao lado: lasanha de legumes, tagliatelle com filé de porco ao molho mostarda, salmão com risoto de champignon, coxa de frango com batata sauté. Além de café, tenho bebido muito vinho, sempre após as dez da noite, quando tem início minha tentativa de dormir por ao menos seis horas. O aquecedor amorna o quarto, mas na maior parte do tempo prefiro que fique desligado. Às vezes, levanto a persiana e tento atuar como observador do cotidiano alheio: nenhum carro desgovernado atravessa a rua. Céu cinza, céu preto, céu cinza, céu preto. Leio pouco e mal. Suspeito, inclusive, que eu esteja ficando mais deprimido aqui, ou ao menos amortecido.

Viver é muito solitário.

[XI]

Lisboa, 25 de março de 2019.

Enquanto no Brasil se comemora o passado, aposto todas as minhas fichas no dia seguinte. Já posso dizer que tenho pronta uma versão aceitável de alguns capítulos. Poderia enviá-los a Marcos com o intuito de acalmá-lo, mas não quero contato com ele por enquanto. Quem me alimenta de notícias do lado de lá é Thalia, que sempre aproveita o ensejo para relatar do estado de Dóris. Curiosamente, quanto pior a notícia sobre a política brasileira que compartilha comigo no início da conversa, também é pior, na mesma medida, a mensagem a respeito do quadro da filha que vem em seguida.

Temos experimentado, então, esta dinâmica de conversa por texto: uma notícia ruim do país, seguida de minha reação lacônica de lamento, a que ela responde com um lamento ainda maior sobre a piora da saúde de Dóris, e terminamos os dois com emojis de tristeza e choro. Estamos tão acostumados com essa troca que nunca nos telefonamos, nem para tentar repetir essa conversa já roteirizada. Prefiro assim, porque talvez minha voz não tão lamuriosa coloque tudo a perder. Apesar de tudo, pareço um pouco mais leve e animado que nas semanas anteriores.

No meu casamento, uma pequena revolução: Ísis passou a me responder, de vez em quando, com uma sequência razoável de palavras. Encontrou um amante, é o que imagino. Ainda não forma frases complexas, sujeito, verbo, predicado e um mínimo de afeto conectando tudo, mas certamente esse será o próximo passo. Eis o verdadeiro milagre das palavras, eu diria, eis o milagre do sentido...

São onze da manhã e escrevo da cama estas linhas, ainda bastante sonolento e com a nuca tomada por uma dor branda, mas contínua. Sobre ontem à noite: pela primeira vez em muitos dias, saio de casa para visitar o Parque Eduardo VII, já tendo em mente o que faria ali para além de um passeio para arejar a cabeça. Também é inédita minha iniciativa de procurar por uma profissional para me fazer companhia por algumas horas. Embora simples, um grande gramado cortado por grandes artérias em forma de arbusto, a vista do alto do parque, na sua parte central, é deslumbrante.

Depois de tirar algumas fotos da paisagem noturna com meu celular, avisto uma aglomeração de moças circulando pelos arredores. Aproximo-me delas fingindo que sou apenas um turista desavisado. Ouço-as discutindo com alguma veemência, sem entender o que dizem. Uma delas faz um gesto com as mãos, movimentos repetidos suspensos no ar que parecem avisar que quer ser deixada sozinha e em paz. Ela anda na direção oposta à de suas colegas, ecoando o impacto do salto alto na calçada lateral, quando eu a interpelo. Digo-lhe que não tenho carro, que não sou português. "Brasileiro?", ela me pergunta, sem desviar os olhos do próprio celular. Conta-me no caminho que há muitos estrangeiros que a procuram, mas que de todos os brasileiros são os piores: "acham que, por falarem a mesma língua, precisam preencher o silêncio com uma conversinha sem fim."

Entendo, então, que devo me calar, e somente conduzi-la em silêncio ao meu apartamento e, já dentro dele, perguntar se ela deseja beber algo. Ela agradece, tira a roupa e pergunta o que eu quero que ela faça. Ligo o rádio, dispo-me, atiro-me na cama, fecho os olhos e, descrevo, com frases curtas, secas, as imagens de Hector e Hélène na residência universitária. Toca o fado mais triste do mundo ao fundo. Não me lembro em que ocasião pergunto seu nome. Depois, adormecer ao lado dela foi como sair do quarto antes do instante em que Hélène resolve escrever a carta de adeus.

Fato é que me sinto definitivamente mais animado do que na semana anterior. Vivo agora como se fosse morar para sempre neste apartamento.

[XII]

Lisboa, 25 de abril de 2019.

Nem no céu nem no inferno o registro da vida cotidiana encontra espaço, por isso não escrevo por aqui faz um tempo. Vinha seguindo a rigor a nova rotina que havia criado: acordando por volta das oito da manhã, escrevendo até o meio-dia e, depois do almoço e mais duas xícaras de café, reescrevendo o texto da manhã ou apagando quase tudo, deixando apenas os fiapos que escorrem pelas minhas mãos. A cada três noites, Vitória vinha me visitar e jantávamos juntos, bebendo duas ou três taças de vinho. Se ainda tinha disposição, íamos para a cama; se não, pedia para ela me contar sobre seu dia enquanto eu contava sobre meu Eitor. Difícil asseverar qual de nós dois fica mais espantado com os relatos do outro. Certa vez, enquanto me escutava repetir a história que insisto em fazer e desfazer, me disse – não exatamente com essas palavras, mas quase – que acreditava que os amores são como nozes, matéria dura, e afirmou que as minhas estavam quebradiças demais para um psicanalista.

Então, de súbito, o esvaimento de tudo isso, todo esse encantamento de dor e desejo se rompe e se dissolve, como se nunca tivesse sido real. Deitado no sofá de dois lugares, com a coluna toda torta, refletindo se eu deveria pagar uma quantia fixa à Vitória para ela me fazer companhia sempre que eu chamasse, ouço meu celular vibrar. Não tenho a menor condição física e psíquica de sair do estado de meditação em que me encontro. Mesmo assim, faço o esforço de esticar o braço, talvez porque naquele instante tenha temido ser alguma mensagem de Marcos com tom definitivo, alegando, por exemplo, que eles haviam desistido da ideia e que eu poderia voltar ao Brasil de mãos abanando que não faria a menor diferença.

"Ela não resistiu", diz a mensagem de Thalia. Fico prostrado por alguns minutos, sem reação e sem saber o que pensar. Logo em seguida, me levanto num único arranque para me sentar no sofá e, com as duas mãos apoiando a cabeça, permaneço nessa posição por um bom tempo. Como não havia conhecido Dóris antes do coma para lamentar verdadeiramente a perda, não chego a molhar meu rosto, mas sinto algo se incandescer entre meu peito e minha garganta. Não como uma sensação calorosa e confortável, mas como uma aflição que se expandia e não cabia mais naquele tubo respiratório. Demoro mais de dois dias para responder – o fato de meu filho ter indiretamente tirado a vida da filha dela parece inalcançável por qualquer expressão de condolência ou qualquer palavra que existe – e, quando respondo, minha mensagem se limita a "vou voltar".

Desde então, fico praticamente o tempo todo escondido debaixo das cobertas, em estado letárgico. Ao redor dos meus pontos de apoio, a escrivaninha e a cama, acumulam-se garrafas de cerveja e de vinho. Na cozinha, panelas sujas de molhos que disfarçavam os insossos macarrões instantâneos, base da minha alimentação junto com as comidas congeladas. Próximo à porta, lixo transbordando e a pilha de roupas sujas se espalhando pelo chão. Deixo de me importar, a certa altura, com o cheiro nauseabundo. Sempre que me faz uma visita, Vitória faz questão de me alertar para a sujeira do apartamento, mais como uma constatação do que como uma reclamação.

Perco completamente a noção de tempo e espaço e nada mais lembra minha rotina anterior: durmo à tarde, passo a madrugada acordado, almoço duas da manhã. Para completar, embora o frio tenha dado uma trégua, me acomete uma tosse insistente e febre. Quando me vê nesse estado, Vitória me avisa que não virá mais:

"Sou muito nova para isso", ela diz quando peço que ela meça minha temperatura enquanto acaricia meu cabelo. Tento reivindicar meu direito de vê-la algumas vezes antes de minha partida, alegando que tê-la como interlocutora, um fio condutor aos meus dias e ao que faço deles, é mais produtivo do que me fechar numa tristeza onde não há espaço para nada, nem para as boas histórias. Ofereço, além do dinheiro e da minha companhia, um exemplar autografado do meu livro sobre o Ferenczi, na edição portuguesa recém-lançada que encontrei um dia desses na livraria e comprei como se não fosse de minha autoria. Relutante, ela nega, diz que não vai ler, mas me deseja sorte com o livro, com minha profissão, com minha esposa e meu país, enfia o derradeiro dinheiro na sua bolsa e sai.

Hoje, a nação portuguesa está em festa e os antigripais começam a atenuar o mal-estar causado pela febre – Deus, quando existe, cabe na palma das nossas mãos. Levanto-me cheio de energia e fúria. Compro minha passagem de volta.

Depois decido jogar todo o lixo acumulado fora, o que me obriga a subir e descer várias vezes. Passo vassoura e pano como quem espera encontrar algo que se perdeu depois que a sujeira toda fosse limpa. Os azulejos da cozinha, antes engordurados, são revelados na sua brancura assustadora; na sala e no quarto, o pó reminiscente volta a cair na superfície depois de um tempo, mas agora afetado pelo artifício da limpeza. O apartamento volta a se apresentar mais ou menos na forma que se espera dele.

No fim, tudo fica em ordem, e é isso que conto a Marcos por e-mail quando termino de arrumar tudo, sem deixar claro a que estou me referindo.

[XIII]

São Paulo, 11 de maio de 2019.

Ísis não me busca no aeroporto. Chego sozinho ao terminal, atravesso a multidão que espera por alguém e logo me direciono ao ponto de táxi. A sensação é de ter ficado muito mais tempo fora. Sou um estranho que parece não ter nada a ver com seu país. O taxista me conta que foi abolido o horário de verão, mas se perde na tentativa de emitir algum juízo de valor a respeito. Em casa, Ísis me recebe como se tivesse me visto no dia anterior, com o meio sorriso e as sobrancelhas arqueadas de costume. Não diz nada.

A primeira coisa que faço, logo após desfazer as malas, é tentar falar com Thalia. De novo, e de novo, em vão. Ela não atende nenhum dos meus telefonemas, deixo recado na caixa postal e mando mensagens. Sem respostas, sem visualizações, seu número sem foto na minha agenda, como se tivesse sumido ou bloqueado meu contato. Vasculho suas redes sociais, que têm cara de estarem abandonadas há algum tempo, e por todos os meios possíveis pergunto o que está havendo e peço informações sobre o velório. Ela sequer visualiza.

Decido um dia passar de carro em frente ao sobrado que eu costumava frequentar e onde acabamos transando de maneira displicente, da última vez que nos vimos. Paro meu carro do outro lado da rua e fico observando a casa e o movimento da rua por quase uma hora. Quando anoitece, vejo uma luz se acender, a do quarto do meio, justamente o quarto de Dóris. Thalia o mantinha intacto desde o acontecido, esperando que a filha fosse voltar. Quando a luz se apaga, ligo o carro e vou embora.

No outro dia, passo de novo em frente à sua casa e tomo coragem de descer do carro e tocar a campainha. Toco duas vezes e espero mais de vinte minutos do lado de fora. Faz um frio fora de época e, para me aquecer, ando de um lado para o outro na calçada estreita. Bato palma, toco a campainha dos dois vizinhos, um de cada lado. Nada. Ligo três vezes no seu celular, todas na caixa postal. Quando, já tendo desistido de qualquer comunicação, me afasto do seu sobrado em direção ao meu carro, penso ter escutado uma voz feminina cantando "*Lily's Eyes*" a capella. Dou meia volta e me aproximo novamente do portão, para tentar distinguir se a cantoria vem mesmo da casa de Thalia. Porém, a música vai silenciando a cada passo que eu dou. Faço algumas vezes o teste de me aproximar e me distanciar, para lados diferentes da calçada, e aquele mesmo fenômeno se repete: a música ganhando nitidez e volume quanto mais eu me afasto e se diluindo quando eu me aproximo.

Na terceira vez que vou à sua casa, não pretendo mais que ela me abra a porta. Saio do carro apenas para deixar na caixa de correio uma carta, escrita a punho, e não pretendo voltar mais. Nela, conto da minha temporada em Lisboa, do garoto com quem encontrei em Almada e na Boca do Inferno e o que isso gerou em mim. Digo que me despedi da cidade com alguma tristeza, mas que sempre que quero consigo me transportar para lá, como quando me lembro da ida a Cascais.

Quando descrevo as praias portuguesas a ela, detenho-me por um instante nas minhas lembranças. Sou remetido imediatamente ao hotel de praia onde nos hospedávamos, Ísis, meu filho e eu, há muitos anos. Como um só corpo, saíamos em busca do som do oceano, íamos deixando pegadas e nos sentindo um pouco presentes observando as pousadas e casas que se construíram ao longo da costa onde antes alguns poucos caiçaras e pescadores moravam. À tarde, retornávamos, sem nos importarmos se machucávamos os pés com as conchas, então nos refrescávamos na água e entendíamos os prazeres de proteger-se do calor na água.

Da estrutura desse hotel só sobram hoje apenas as vigas de concreto cobertas por trepadeiras, ruína desgastada com o tempo e ausência de qualquer ruído. Quando pesquiso a respeito do que ele se tornou, vejo que nunca foi totalmente demolido ou reformado, e pelas fotos que antigos hóspedes tiraram e postaram dá para ver que ele ainda guarda um buraco cheio de terra e teias de aranha e insetos que antes era chamado de piscina.

A carta até agora não foi respondida.

[XIV]

São Paulo, 26 de maio de 2019.

Estou tomando sopa de lentilha. O outono está com temperatura de inverno. No prédio logo em frente, é possível entrever um casal de meia-idade vendo televisão, em harmonia. O disco para de tocar na nossa vitrola quando Ísis surge no corredor que dá para a sala de jantar e volta a falar comigo:

"Estou lendo", ela diz.

Em completo estado de choque, paro de tomar a sopa e me viro para o corredor, onde ela tem uma toalha enrolada na cabeça e outra em volta do corpo, acaba de sair do banho. Não tem mais os sulcos melancólicos de antes no rosto nem o olhar vago, ausente.

"É um bom caminho?", pergunto, sem esperança nem temor, quase sem deixar escapar qualquer som. Ela não responde nada.

Do outro lado da janela, uma cidade tão enigmática quanto aquele diálogo. Ela seca os cabelos com a toalha menor, agora chacoalhando-a com mais força.

"Está com fome?", pergunto. "Quer ouvir música?"

Ela nega com a cabeça, embora continue com o olhar fixo na cumbuca.

"Prefiro de ervilha", ela diz.

Ouvir a voz de Ísis ainda não me soa natural e me questiono se não estou delirando.

"Eu sei", eu digo. "Dizem que é uma massa de ar polar parada no Sul, Sudeste e Centro-Oeste."

Ela se senta no sofá da sala, ainda de toalha. Giges surge, solta um miado e se deita ao seu lado.

"Não foi culpa nossa", ela afirma.

Tento uma colherada da sopa, mas ela já está um pouco fria e eu sem vontade alguma.

"Mas e agora?", pergunto, sem saber ao certo o que quero ouvir dela.

Percebo que ela começa a ficar com a pele roxa de frio, mas não parece se importar.

"No que você prefere acreditar? Que eu perdi o bebê há vinte e dois anos?"

"Talvez você precise ler o resto", afirmo.

Em vez de olhá-la nos olhos, passo a me deter nos seus lábios ficando sem cor.

"Eu estou bem agora. Você não?"

Fico paralisado, sem sequer movimentar a cabeça para confirmar ou negar.

"Não foi culpa nossa", ela repete.

Então ela se levanta, ajeita a toalha que cobre seu corpo e passa os dedos por entre os cabelos molhados, como que para penteá-los. Nesse ângulo, Ísis me parece mais atraente do que nunca.

"Não me importo mais comigo", digo, um pouco hesitante.

“Nós nunca deixamos de estar juntos”, ela me atravessa, “mas *nós* também nunca estivemos juntos”.

Então ela sai da sala e ouço o som do secador de cabelo se sobrepor à música da vitrola. Enquanto isso, vou à cozinha e esquento a sopa no micro-ondas.

Volto a me sentar à mesa posta para dois. Depois de alguns minutos, ela aparece vestida com um pijama de flanela e de cabelos penteados.

“Quanto falta?”, ela pergunta.

Desta vez sou eu que não digo nada. Infiro que ela tenha entendido, pois não repete a pergunta, nem depois que se senta à mesa para tomar a sopa comigo.

Esta obra foi composta em Bembo Book e impressa
em papel pólen natural 80 g/m² para a Editora
Reformatório em outubro de 2023.

Este livro foi impresso na
LIS GRÁFICA E EDITORA LTDA.
Rua Felício Antônio Alves, 370 – Bonsucesso
CEP 07175-450 – Guarulhos – SP
Fone: (11) 3382-0777 – Fax: (11) 3382-0778
lisgrafica@lisgrafica.com.br – www.lisgrafica.com.br